蒙古が来る

寺田正孝

Terada Masataka

文芸社

蒙古が来る

目次

はじめに

桜前線が北上してゴールデンウィークが近づくと、私はどうしてこうも落ち着きがなくなるのだろうか。

ゴールデンウィーク中に、弘前城の桜が満開となる。今年は『東日流外三郡誌』中世編を読んだせいか、特に津軽に行きたい気持ちに駆られていた。津軽は私の故郷である。

私は幼い頃弘前城に住んでいたと言うと、誰も信じないが、これは本当の話である。別に私が大名の子孫なのではなく、戦後、国家警察弘前署の次長官舎が、弘前城の城内にあり、父が警察官をしていたからである。その建物は今も武徳殿として北の郭に残っている。

私は弘前城の桜が日本一だと思っている。桜の三大名所と言われる高遠の桜も、吉野山の桜も見たことはないが、私にとっては、とにかく弘前城の桜が日本一なのである。四月二十八日、私は仕事を早めに切り上げて、浦和インターから東北道を北上した。

いつも感じることだが、ゴールデンウィーク中は高速道路が大渋滞する。その渋滞も宇都宮インターを過ぎる頃から交通量が減り始め、仙台を過ぎる頃になるとマイウェーと言えるほど交通量が少なくなる。

はじめに

東北道を六時間ほど走り、盛岡南インターを降りて左手に進むと、丘の上に赤湯温泉が見えてくる。私は津軽を旅する時には、必ず赤湯温泉に一泊する。温泉と言えば聞こえはよいが、二十四時間安い料金で宿泊できる健康ランドである。売り物は露天風呂で、有名温泉宿に引けを取らない。私は赤湯温泉に着くと、いの一番に露天風呂に入った。ここから見る盛岡の夜景は、何とも言えない美しさがある。私は露天風呂から出て露天風呂を囲んでいる、塀代わりの大きな石の上に腰を下ろして、盛岡の夜景を眺めた。

以前、放送されたＮＨＫの大河ドラマ「炎立つ」の中で、安倍一族は、出羽の清原氏と源義家の連合軍に攻撃され、安倍貞任が討ち死にして、安倍一族が滅亡するシーンがあった。安倍一族最後の柵があったのが厨川。この盛岡である。安倍一族滅亡のことを考えながら盛岡の夜景を眺めると、いっそう歴史のはかなさを感じる。『東日流外三郡誌』は討ち死にした安倍貞任の次男、高星丸が津軽に逃れて安東氏を名乗るようになったと伝えている。寛政年間に書かれたこの書物は真贋の程は定かではないが、私が子供の頃住んでいた津軽では、子供を叱りつける時とか、子供を寝かせつけるとき、「蒙古が来る」と言った。また津軽には、対馬、津島の姓が多い。太宰治（本名、津島修治）は対馬からの難民の子孫であると言う人もいる。安東水軍が、蒙古襲来の文永、弘安の役にどのように関わったのか確かめるために、安東水軍の本拠地があった十三湖を訪ねることにした。春とはいっても、この時期の盛岡の夜は冷え込む。私は、冷えた体を温めるために、もう一度露天風呂に入った。

翌朝、盛岡南インターからさらに東北道を北上した。盛岡インターを過ぎると岩手山を回り込むように岩手山の裾野に沿って東北道が続いている。標高二〇三八メートルの岩手山が圧倒的な存在感で迫ってきた。二時間ほど車を走らせて、大鰐弘前インターで東北道を降り、一般道を弘前市内に向かった。

弘前城大手門近くの市役所駐車場に車を停めて、大手門から城内に入ることにした。今年は暖冬のせいか、堀沿いの桜の木は花が散っていたので、あまり期待せずに城内に入った。想ったとおり、城内の桜の木は一部の種類を除いて、どの桜の木も花が散って葉桜だった。ゴールデンウィークに桜の咲いていない弘前城はどこかに忘れ去られたような空間を感じさせた。私は弘前城の散策をそこそこに切り上げ、安東水軍の本拠地のあった十三湖に向かうことにした。

国道三三九号線が十三湖に続いている。北に向かって進むと、道の両側に林檎畑が広がっている。弘前城の桜は、ほとんど散っていたが、林檎の花は満開であった。桜の花が華やかさを感じさせるのに、林檎の白い花は静かさと、落ち着きを感じさせる。蓮の花は天国を連想させるというが、私には、林檎の花の方が天国にふさわしいのではないかと思われる。

二時間ほどで十三湖が見えてきた。湖に沿って進むと十三湖大橋に出た。十三湖大橋は十三湖が日本海に通じている水口に架っている。その橋の袂に、蜆ラーメンの「ドライブイン和歌山」がある。店内は満席であった。蜆ラーメンは、塩味の蜆汁に麺と蜆、ワカメ、シナチク、ゆで卵の入ったシンプルなものであったが、濃厚な蜆汁に麺と具がマッチして不思議な美味さを醸し出していた。一度食べたらもう一度食べたくなりそうな味である。「ドライブイン和歌山」のご主人は話し好きな方で、いろんなお話をしてくださった。NHKで、大河ドラマ「炎立つ」が放映された時、自民党の、故安倍晋太郎氏が十三湖を訪れて安東水軍の末裔であると話されたそうである。ご主人の先祖は、昔、和歌山から十三湊に来たとのこと。

十三湖の周辺に安東水軍に関する遺跡がたくさんあるのではないかと、お尋ねすると、「唐川城跡に行ったことがありますか。一度、行って御覧なさい。あそこからの景色は格別ですよ」と言われた。

ご主人に教えられたとおり車を走らせると、唐川城と標された道路標識が見えてきた。道なりに山を登っていくと、唐川城跡の展望台に出た。展望台に上ると、一瞬天地が開けたような気がした。目の前に津軽平野が広がり、その先に岩木山が霞んで見えた。十三湖大橋の先には、十三湖が日本海に開けていた。

私は言い知れぬ感動に襲われその場に立ち尽くした。暫くの間、展望台からの景色を眺めていたが、昨日からの運転で疲れていたせいか、眠気が襲ってきた。私は、展望台を降り、車に戻って座席を倒した。車の窓から心地よい風が入ってきた。

私は、何時の間にか『東日流外三郡誌』の夢の中にいた。

出陣

弘安四年、五月の風が木々の間を吹き抜けていった。

安東一族の出城である唐川城。その唐川城付近の丘からは、安東浦一帯が見渡せた。文永十一年、蒙古との戦に父を亡くした安倍小次郎は、父の乗船した軍船が帰ってくるような気がして、晴れた日には、よく唐川城付近まで登ってきた。この付近の丘からは、安東浦が海に開けている様子がよく分かった。遠くに岩木山が霞んでいる。

昨夜、鎌倉からの早馬が福島城に入ったという噂で港は騒々しかった。福島城は安東一族の本城である。小次郎の足はいつしか丘を下って港に向かっていた。港には交易船が入港していたが、文永の戦以来、南からの交易船が少なくなり港には活気がなかった。ただここ数年、軍船の数だけが異常に増えているのが小次郎の目にもよく分かった。入港した交易船に対し、安東水軍の武士が四、五人で手続きを行っていたが、その姿が小次郎の目に異様に映ったのは彼らが軍装をしていたことである。戦が近いのかも知れない。小次郎は、ふとそう思った。

安東一族の者は十六歳になると、軍船か交易船に乗船することになっていたが、小次郎にはそれが許されない。小次郎の家は安東家に繋がる一族であったが、文永の戦で父を亡くして以来、母一人、子一人である。小次郎に、もしものことがあれば安倍家は絶えてしまう。これを恐れた母が、安東家に願い出たために、小次郎は十七歳になっても船に乗ることが許されなかった。交易船をぼんやりと見つめていた小次郎は、何か思い付いたように十三湊《とさみなと》の安東館に向かって歩き出した。湖の中に突き出し、半島のようになっている十三湊。その先端近くに堀で囲まれて安東館はあり、館の南側に京を模した町並みが広がっている。小次郎は安東館の門の前に立っていた。御屋形様に直接願い出れば、船に乗せてもらえるかもしれない。母が何と言おうとも、船に乗れなければ安東の武士ではない、と己に言い聞かせた。ただ門前の様子がいつもとは違っていた。いつもは平装の四、五人の武士なのに、今日は十四、五人の軍装の武士が門前を固めて、館に出入りする人数を監視していた。

昨夜の鎌倉からの書状は、福島城から安東館に届いていた。当主、安東次郎宗季《むねすえ》には書状の中身が予測できたが、渡島、宇曽利、秋田、津軽外三郡の一族を召集して軍議に諮るかどうか悩むところである。文永の戦で一族は多数の死傷者を出したにもかかわらず、鎌倉からは何の恩賞もなかった。ここで一族の者を召集して軍議を開けば、蒙古との戦に兵を出さぬと言い出す者が多数出るかも知れない。それでは、安東一族はまとまりのない集団となってしまう。ただ、時を無駄に過ごせば、津軽内三郡を領有する曽我氏あたりから、鎌倉からの急使の事が、風聞として一族に伝わるだろう。そうなれば、宗季の一族の棟梁としての器量が疑われることになる。ここは一刻も早く決断をして命令を下さなければならなかった。

宗季は苦悩しながら館の望楼に上った。湖の北西に中之島が霞んで見えた。その中之島の周りに安東水軍の船団が錨を降ろしている。その中で一際大きな船体に大将旗を靡かせているのが安東丸である。安東水軍の船は、諸国の水軍に比べてみな大きい。それは百年ほど前、安東一族の養子である藤原十三左衛門秀栄が高麗、宋の船大工を招聘して造らせたのが始まりだと伝えられている。秀栄は鎮守府将軍、藤原基衡の第二子である。

安東一族は永い間、交易を生業として財力を蓄えてきた。安東水軍の船団は、北はカムチャツカ、沿海州から高麗、宋、南はルソン、アンナン、天竺にまでその舳先を向けていた。安東一族は、交易がもたらす利益と蓄財のお陰で、領民から重い税を徴収することもなく、領民も武士も豊かである。その豊かさをもたらす交易が危機に瀕していた。文永の戦の前に、高麗王が高麗の安東館を焼き討ちして以来、高麗との交易が途絶えていたし、唐土の安東館は無事であったが、南宋が蒙古に滅ぼされたため閉鎖され、莫大な利益をあげていた交易も途絶えたままである。安東一族にとっては痛手であった。

鎌倉の北条家は、安東家を身内同然として扱い、安東の交易船を、関東御免の津軽船として、国内交易を後押ししている。北条家には恩義がある。おそらく書状の中身は、安東一族に対しての出陣要請であることは、宗季にとって容易に想像がつくことであった。ここ数年、元は近隣の諸国に朝貢を求めているし、従わぬ国は、武力で攻め滅ぼされている。宗季は交易船から元に関するあらゆる情報を得ていた。その中に、世祖フビライは、降伏させた南宋と高麗に命じて戦の準備をさせており、高麗と唐土の港は、高麗軍と蒙古軍、それに旧南宋軍の将兵の集結でごった返しているというのがあった。

宗季は考えていた。元との戦は、この国に何の利益ももたらさないことを。文永の戦で多くの血が流されたが、鎌倉からは何の恩賞もなかった。あの時でさえ、諸国の守護や地頭の不満が満ち溢れたではないか。戦に負けたらこの国は滅びるが、勝っても鎌倉幕府は倒れるのではないか。むしろ朝貢をして交易によって利をなし、国を富ますのが最善ではないだろうか。宗季はもう一度、中之島の周りに停泊している船団を見つめたが、意を決し、小姓に命じて重臣の安倍正綱を呼んだ。正綱は望楼に上ってきて、宗季の前で一度平伏してから胡坐《あぐら》をかいた。正綱は四十半ばをすぎていて、顔のところどころに刀傷があり、潮焼けでそれが黒く光って見えた。その風貌は、どこから見ても歴戦の強者である。二人の間に、暫く沈黙が続いた。望楼は三階建で二人のいる三階部分は、二十坪ほどの広さで、四方の窓は開け放たれていた。その窓から時折、日本海の潮騒が聞こえてきた。静かな時が二人の間を流れていた。沈黙を破って、正綱が声を発した。

「御屋形様、昨夜の鎌倉からの急使のことでございますな」

宗季は軽く頷いて懐から書状を取り出した。

「鎌倉からの書状は、一族の前で開封するのが慣わしとなっているが、余は今ここで開封しようと思っている。元の使節が何度か博多に上陸したのは、そなたも知っての通りである。また我が一族が戦に反対するのは火を見るより明らかである」

「御屋形さま」正綱が叫ぶように言った。「その使節に何かあったのではございませぬか」

「おそらくそうであろう」

宗季は頷きながら書状の帯封を解いて、書状を読み始めた。読んでいる宗季の顔が、見る見るうちに青ざめていくのが正綱にもよく分かった。

「正綱、時宗殿は、元の使節を斬り捨てたゆえ、安東一族は船団を率いて、村上水軍と呼応し、壱岐、対馬沖の警備に就くよう要請してきた」

宗季は書状を読みながら、全身の血の気が引いていくような気がした。

「正綱、もはや戦は避けられない。余は安東一族の棟梁として、一族の者すべてに軍令を発する」

軍令書を受け取った一族の者は誰もこれに逆らうことが許されない。それでいて、軍令書にはなぜか詳細なことが書かれることは少なかった。

「正綱、軍令書は、こうしたためよ。一族の者は軍装の上、秋田土崎に参集のこと」

正綱は祐筆にこの旨を伝えるべく階下に下りていった。宗季は小姓と二人だけになったが、一人になりたかったのか、小姓を下がらせた。宗季は心の中で呟いた。

（宗季よ、平穏な世とは、なかなかないものよのう）

平穏であれば、安東は交易によって栄える。文永の戦以来、宗季には心休まる時はなかった。津軽の人々も思いは同じであったろう。あれ以来、津軽の大人達は子供を叱りつける時、「蒙古が来る」と言って脅かすようになった。この言葉を聞くと、どんなに泣き喚いている子供でも即座に泣き止んだ。

文永の戦から数えて七年近く経ち、安東水軍の軍備は一新していた。長さが二十間を超える大型船が多くなり、一隻、一隻に工夫を凝らしていた。船首と船尾に舵の付いているもの。船首に、大きな鉞《まさかり》の付いているもの。櫓の数が船の大きさの割に多いもの。これらの軍船は用途によって分かれていた。船首と船尾に舵の付いている軍船は敵前での小回りをよくし、漕ぎ手が向きを変えるだけで、前後の航行を自由にした。北の海で氷を割って進むために船首に、鉞が付いている軍船は、敵船の胴体を真二つにするだろうし、速船は、敵前まで一気に進み、敵船に火矢を射ち込むのに適していた。このように安東水軍を強化できたのは、渡来人の造船技術と、造船に適した津軽のヒバと、宇曽利の砂鉄と、秋田の燃える水によるところが大きかった。宇曽利における鉄生産の中心地は安倍城である。鉄製品は安東水軍の重要な交易品の一つであり、積出港としての川内港は、大いに賑わっていた。安東一族は、常に港と結びついている。秋田の燃える水については、門外不出であり、燃える水が湧き出る池に沈殿する黒い固まりは、船板の隙間に塗りこむことによって水漏れを防いでいた。燃える水を手に入れたことで、安東水軍の戦術は一変した。もともと安東水軍は、投石器を使っての攻撃をもっとも得意としていたが、それでも大きな石を十投して、敵船に命中するのは、一投か二投である。今では、大きな石に代え、木片や布、こぶし大の石をいくつも、鉄の網で丸く包み、これに燃える水をたっぷりとしみ込ませ、火をつけて投石器で敵船に放り込むのである。これが命中すると、敵船はたちまち炎に包まれた。これらの装備を施した七十隻を超える安東水軍の船団が、十三湖《じゅうさんこ》の湖面にその船体を浮かべていた。今では、高麗や唐土との交易が途絶えているために、交易船護衛の任を解かれた軍船のほとんどが、十三湖に集結していたのである。

宗季は戦場に思いをめぐらせていた。

（交易船からの情報によると、元はこの国の海岸の津々浦々に至るまで戦場にすると広言しているが、まさかそのようなことにはなるまい。陽動作戦としては、ありうるかも知れないが、だいたいこの津軽に上陸したとしても、武器や食糧の補給が困難であろうし、地形の不案内な地域での戦を元軍は好まぬであろう。やはり、元軍の上陸地点は、補給のしやすい高麗にもっとも近い北九州。それも以前、上陸作戦を行った博多湾であろう）

これが鎌倉幕府の見解でもあり、このために鎌倉幕府は、上陸地点と予想される博多湾の沿岸に、九州の守護や地頭に命じて、蜿々と石塁を築かせていた。宗季は元の水軍が、博多沖、壱岐沖、対馬沖で制海権を取るため、荷駄船や輸送船に護衛のための軍船をあまり割けないことを予想していた。世祖フビライが動員した艦船は四千隻を超え、兵力は十四万を超えるだろうと伝えられている。高麗から出撃して来る東路軍が四万、唐土の寧波に集結している江南軍が十万。その中で軍船の数が一千隻を超え、水軍の将兵の数も四万に達するだろうと、宗季は思った。高麗から出撃して来る東路軍はよいとして、寧波から出撃して来る江南軍は、輸送船に将兵がすし詰め状態で、かなりの日数航海してくる。荷駄船が付いているとはいえ、九州に着く頃には、水や食糧が不足するのではないか。元軍が上陸作戦を成功させ、数日間で北九州を制圧しないかぎり、現地での食糧調達は不可能である。高麗からの荷駄船であれば、数日で北九州に到達する。間違いなく元軍は高麗からの補給路を確保する。その途上にある対馬や壱岐が最初の攻撃目標になることも、その戦闘が熾烈を極めることも予想できた。

非常時に、安東水軍は村上水軍と呼応して、対馬、壱岐の警備に就くことになっていた。源平の合戦以来、両水軍は敵対関係にあったが、今では両水軍の関係は良好である。村上水軍は瀬戸内海を拠点として活動しているために、その船はたいして大きくないが、船足は恐ろしいほど速かった。村上水軍は接近戦を好み、敵船に乗り移っての攻撃をもっとも得意としている。文永の戦以来、両水軍の交流が盛んになり、安東の交易船が、瀬戸内海に帆をなびかせることも多くなった。対馬、壱岐海域戦いでは、安東水軍が元の軍船を引き付けている間に、船足の速い村上水軍が、高麗からの荷駄船を襲い、その補給路を断つというのが、両水軍の間で取り交わされた戦術である。そのため、元水軍との戦闘が始まる前に、安東水軍は、門外不出とされてきた秋田の燃える水を、村上水軍に提供することになっていた。宗季は呟いた。

「蒙古が来る」

子供達が、恐怖心をもって聞いたこの言葉は、津軽、秋田の人々にとっても、安東一族にとっても、最大の警戒警報であった。宗季は、事あるごとに一族の長老から、万事怠りなきようにと言われてきた。

安東水軍は、文永の戦で数多くの軍船を失い、水軍再建のために、軍船の建造に総力を注いできた。その結果、今では軍船の数が本拠地の十三湊の他に、渡島、宇曽利、深浦、土崎に常駐しているものを加えると、優に百隻を超えていたが、安東水軍がもっとも必要とした交易船の建造は、めっきり少なくなっていた。もともと、安東水軍の軍船は、交易船の護衛がその役目であり、唐土、天竺への交易船の船団には、十隻以上の軍船が護衛に就くこともあった。特に、唐土、天竺への南の航路は危険であり、揚子江河口やマラッカ海峡付近は、海賊の巣窟であった。幾度となく交易船が襲われて、交易品が略奪され多くの人が命を失った。南方への交易は、軍船の護衛なしには成り立たなかった。一度は安東水軍の船団が海賊の船団を壊滅させたこともあったが、それでも海賊は、交易船を襲う隙を窺っていた。その南方への交易も文永の戦以来、途絶えがちであり、今は、南方への航路は元の大船団に抑えられている。できれば元とは戦いたくない。それが宗季の本音である。元も戦を望んでいないはず。

唐土を征服し、支配した者は必ず近隣の諸国に朝貢を求めた。この国もかつては、朝貢をして、唐土の進んだ文物を取り入れてきた。また、彼の国の制度を学ぶために、危険を冒して、多くの留学生を送っていたのではないか。それに、今我々が使っている文字は、漢の時代に作られた彼の国のものである。文永の戦以来、安東は朝貢による利益の大であることを鎌倉幕府に進言してきた。それが徒労に終わったことを、宗季は鎌倉からの書状で知った。

執権北条時宗は、その威を張るためか、側近達の元に対する過小評価のためか、いずれにしても安東の願いは聞き入れられず、この国は未曾有の危機を迎えつつあった。文永の戦の時でさえ、元軍の新兵器の前に、この国は連戦連敗であった。特に敵の放つ鉄炮という武器は、雷のような大きな音を立てて炸裂した。炸裂音に驚いて、馬が暴れ、騎馬武者が落馬した。蒙古兵の放つ半月弓の矢は、この国の武士が放つ弓矢の射程より長かった。蒙古兵の半月弓の射程内に入ったこの国の武士に、蒙古兵の矢は雨のように降りそそぎ、この国の武士はばたばたと倒れた。その矢の先には毒が塗っていて、かすり傷でも命を落とす者が多かった。この国の武士が放った矢は、敵の手前に落ちた。海上での戦いも悲惨であった。輸送船でさえ、この国の軍船の数倍はあった。敵の軍船の間を水すましのように通り過ぎるこの国の軍船は、敵船の格好の標的となり、敵船の石弓で破壊されるものが多かった。

この国の水軍においては、文永の戦が、今でも教訓として生かされていない。その中で安東水軍は、財力にものをいわせて軍備を整えてきた。軍船も大型化し、長さが二十間を超えるものが持ち船の半数を超えて、装備も文永の戦の時に比べて一新している。宗季は、元水軍の軍船の数が安東水軍の軍船の数と同数であれば、互角に渡り合えるのではないかと考えたが、一瞬でその考えを打ち消した。対馬、壱岐沖に展開する元水軍の船団は、敵の主力であろうし、安東、村上両水軍の数倍に達することは、間違いのないところである。

取次ぎの者が来客を伝えてきた。安倍小次郎である。宗季は会うかどうか一瞬迷ったが、小次郎に望楼に上ってくるように、取次ぎの者に命じた。

「小次郎ならば会わないわけにはいくまい」

宗季は独り言を呟いた。

小次郎の家は宗季の親戚筋に当たる。それに、安東水軍一の剛の者と言われた小次郎の父安倍貞綱は、宗季の養育係であった。貞綱は文永の戦に軍船の船将として出陣、壱岐沖の海戦で味方のふがいなさに激怒し、己の軍船に火を放ち、敵船に体当たりをして、炎の中敵船もろとも、玄界灘に沈んでいった。この光景を見た敵味方とも、畏怖の念にかられ、一瞬、戦闘を忘れたという。貞綱は二度と十三湊の土を踏むことはなかったが、その忘れ形見の小次郎が望楼に上ってきた。小次郎が、

「御屋形様」と言った時、宗季は小次郎の言葉を遮った。

「小次郎、挨拶はよいから用向きを先に言え」

「御屋形様、安東の家の者は十六歳になると船に乗ることになっておりますが、この小次郎は十七歳になっても船に乗ることが許されません。どうしてでございましょうか。蒙古との戦がまたあると、港で噂されておりますが、その戦に、この小次郎を初陣として加えていただきとうございます」

宗季は、何か考え込んでいる様子であった。小次郎が船に乗ることが許されないのは、小次郎の母、さきが反対しているためである。宗季には小次郎の母、さきの気持ちが痛いほどよく分かった。小次郎の母さきは、七年前の文永の戦で夫を亡くし、もし今度の戦で一人息子の小次郎を死なすようなことになれば、安倍家は絶え、さきは天涯孤独となってしまう。

「ところで小次郎、話は変わるが、安倍貞時の息女千代とは許婚であったな、先頃仮祝言を挙げたと聞いているが」

貞時の娘千代は、家中一の美人との呼び声が高かったために、いろいろな噂が宗季の耳に入ってきた。

「御屋形様、この小次郎が出陣する際に千代殿は、我が屋敷に入り母の世話をすることになっております。それに千代殿は、我が子を宿しております」

小次郎の顔が見る見るうちに赤くなった。宗季は小次郎の様子を見て小姓を呼び、硯箱を持ってこさせ、文をしたため、それを小次郎の母に届けるように、小姓に命じた。

「安倍小次郎宗貞、明朝我が船に乗り、側近として出陣せよ」

「安東丸に、でございますか」

と小次郎は問い返した。

安東丸は安東水軍の指令船で、安東水軍最大の軍船である。長さは三十間近くあり、櫓の数六十、帆柱三本、舵が前後についていて投石器を十機、大型火箭を十機、脱出用の小船を十五艘装備し、三重底で三百人乗りである。その船尾には、常に大将旗を靡かせていた。

「小次郎、帰って仕度をせよ」

宗季の声が一際高く響いた。

「ははあ」

と平伏した小次郎の手が、震えていた。小次郎は安東館をあとにした。

宗季は、また一人になった。いつしか日が落ちて雨が降りだした。降りだした雨が湖面を打ち、霧が湖面を覆った。中之島付近の船団の灯火だけが、霧の中に浮かんでいる。

各船団は出航の準備に追われていたが、さほどその準備に時間を要しない。安東水軍の船団は常に戦闘態勢にあった。明朝には将兵の乗船を終え、船団は出航する。宗季の胸中は複雑である。今度の戦は、安東一族に何の利益ももたらさないだろう。むしろ破滅への坂道を下るようなものではないか。万が一にも勝利への可能性がないとしたら、それはこの国と安東一族の滅亡を意味している。北条家は安東一族をもっとも頼りにし、蝦夷管領として日本将軍を名乗ることを許してきたが、その反面、津軽内三郡を領有する曽我氏に命じて、安東一族の動向を監視させている。鎌倉幕府の心境も、また複雑である。明朝の出航は、すぐ鎌倉に伝わるだろう。宗季は、万が一にもということを、もう一度考えてみた。九州の武士達は、容易には蒙古軍の上陸を許さないだろう。もし上陸を許し、拠点を築かせるようなことにでもなれば、この国の決定的な敗北を意味することになる。蒙古軍は騎馬での戦いをもっとも得意とし、いまだにその進路を妨げた国はない。だが海上での戦いはどうであろうか。もともと、遊牧民である蒙古軍は騎馬での戦いが主であり、侵略する国が陸続きであったために、水軍を必要としなかった。押し寄せて来る船団は、高麗や南宋の水軍が主力であろうし、その船のすべてに、蒙古兵が軍監として乗り込んでいるはずである。世祖フビライが、降伏した国の将兵を易々と信用するとは思えない。戦いが始まれば、高麗や南宋の将兵と、蒙古兵との間に軋轢が生じ、士気が落ちるのではないか。宗季は安東水軍にとって、都合のよい思いを巡らせている己がおかしかった。いずれにしても九州の武士達が元軍の上陸を防いでいる間に、敵の補給路を断たなければならない。対馬、壱岐沖での戦いが、この国にとっても、安東一族にとっても、その存亡を賭けたものになるだろう。宗季はあれこれ考えるうちに、眠られぬまま朝を迎えた。

出陣のための膳が用意され、宗季の子供達が行儀よく座っていた。

「父上、ご無事で」

五歳になる長男の五郎丸が叫ぶように言った。

「おう」と答えて、宗季は杯に注がれた酒を一気に飲み干し、その杯を床に叩きつけて割った。

館の裏手が船着き場になっていて、連絡用の小船が待っていた。宗季が、四、五人の近習と共に小船に飛び乗ると、小船は安東丸に向かって静かに湖面を漕ぎ出した。安東丸は桟橋を離れ、中之島沖に錨を降ろしている。宗季の乗った小舟が近づくと、安東丸からはすでに縄梯子が降ろされている。宗季は縄梯子を上って安東丸に乗り移った。近習が後に続いた。船上では船将以下各組頭が、片膝をついて宗季を出迎えた。船将の佐々木義久が、

「御屋形様、出陣のおふれを」

と言うと、宗季が叫んだ。

「出陣じゃ」

その声に呼応して、安東丸の、三本の帆柱のうちで、一番高い帆柱に、黒い鷲が描かれ

た旗が掲げられた。その旗に急かされるように、十三丸、岩木丸などの軍船が動き出した。荷駄船を含めると七十隻を超える船団が十三湊を出航していく。すべての船が出航を終えるには、半日を要する。十隻ほどの軍船が出航した後に、安東丸の櫓が一斉に動き、船内に漕ぎ手の掛け声が響いた。安東丸の一際大きな船体が、後潟と呼ばれる湖から前潟と呼ばれる日本海に開かれた入り江に向かって進んだ。港には、福島城と唐川城から、かなりの数の将兵が警備に就いていた。安東丸が前潟にさしかかると、警備に就いていた将兵が片膝を突いてその勇姿を見送った。将兵の後ろには、安東家の旗が風になびき、扇に鷲の羽違いの家紋が朝日に照らされていた。宗季にはそれが眩しかった。港には、出陣する将兵の家族の姿はない。安東家では、出陣する将兵を、その家族が見送ることを許していなかった。見送りが家族の悲しみを戦場に持ち込むことになると、忌み嫌われたからである。

　十三湊は、安東浦と呼ばれ、天然の良港である。大陸からの渡来人も多く、古くから交易が行われていた。宗季の先祖である安倍一族は、奥州を支配しつつあった頃、いち早く津軽の安東浦一帯をその勢力下に置いている。安倍頼時、貞任親子は、まさかのことを考えながらも自信にあふれていた。それは以前の戦いにおいて、藤原登任《なりとう》の追討軍を壊滅させたことがあったからである。それが前九年の合戦の始まりであった。その後、一族の安倍富忠と出羽の清原氏の裏切りによって、頼時は鳥海で、貞任は厨川で討ち死にした。貞任の次男高星丸《たかあきまる》が、側近と共にこの津軽に逃れてきて安東氏を名乗るようになった。その後、奥州各地からこの地に住みついた一族の者は、三万人とも四万人とも言われている。それが宗季の家系である。宗季を乗せた安東丸が、入り江を抜けて日本海に出た。船上の宗季は、一瞬天地が開けたような気がして感動を覚えた。

（やはり海はいい、海はすべての雑念を忘れさせてくれる）

宗季は心の中で、そう呟いた。先に出航した軍船が十三湊沖の日本海に集結していた。安東丸はその最後尾に着いた。その安東丸を包み込むようにして、後から来た軍船が隊列を整えた。七十隻を超える船が船団を組み終えたのは昼過ぎである。宗季が七十隻を超える船団を組むのは初めてのことであり、これから始まるすべてのことが、宗季にとっても、安東一族にとっても、初めてのことになるような気がしていた。この時代、もっとも秩序ある船団と言われる安東水軍が南下を始めた。安東丸船上には小次郎の姿があり、初陣の若武者ぶりが初々しさを感じさせていた。

小次郎は宗季と別れたあとすぐには己の屋敷に戻らず、その足は舅安倍貞時の屋敷に向かった。貞時の屋敷は、安東家臣団の中でも一際大きい。貞時の家系は代々船将頭として、安東水軍の一翼を担ってきた。文永の戦では、足に傷を負いながらも十三湊に帰還している。今ではその傷が癒えたとはいえ、その歩く姿にはどことなくぎごちなさを感じさせた。

小次郎の父安倍貞綱は、貞時のもとで船将を務めていた。

「あの戦闘で、貞綱の軍船が敵船団に突入しなければ、我が船団は全滅していたかも知れない。貞綱こそ安東一の剛の者よ」

と貞時は常々人に語っていた。

小次郎が貞時の屋敷に入ると、すでに安東館から連絡が入っているとみえて、出陣の準備で屋敷中慌ただしかった。小次郎は庭から書院に向かった。書院では貞時が書き物をしていた。小次郎は一瞬ためらったが、「父上」と庭から声を掛けた。貞時は筆を止め、顔を上げて小次郎を見た。

「小次郎か。先ほど御屋形様から出陣の触れが届いて、今そなたとそなたの母上に文をしたためているところだ」

貞時が言うのと同時に、小次郎はもう一度「父上」と呼んだ。その声は前より大きかった。

「父上、御屋形様から出陣のお許しがでました」

貞時は驚いて、

「それでそなたは、我が船に乗るのか」

「いいえ、御屋形様から安東丸への乗船を命ぜられました」

それを聞いて貞時は一瞬不快の表情をしたが、すぐ気をとり直した。貞時は娘婿のこの若者が好きであった。小次郎の父貞綱とは幼い頃からの友であり、戦場では常に一緒であった。それにいつも互いに功名を競い合ってきた。その貞綱に小次郎は瓜二つである。その娘婿を、御屋形様はこの私から取り上げるのかと、貞時は怒りが込み上げたが、その怒りはすぐに収まった。考えてみると、貞時の船団は戦いに際して、常に先陣を承ってきた。それだけに危険なことが多い。御屋形様は文永の戦で夫を亡くし、今度また一人息子の小次郎を失うようなことになればと、小次郎の母さき殿のことを考えて、安東水軍最大の軍船である安東丸への乗船を命じたのだろう。貞時に、宗季の優しい気持ちが痛いほど伝わってきた。ただ、貞時には今度の戦で、生きて戻れる者は一人もいないのではないかという思いもあったが、誰にもそのことを語らなかった。

その夜貞時の屋敷において、ささやかな別れの酒宴が催された。貞時を正面にして左側には家族の者が、右側には貞時の家人が座った。小次郎は家族の席の最上席であった。貞時は皆が揃うと、出陣をする者、留守を守る者にそれぞれ注意を与えた。それが終わると、小次郎の隣に座っていた貞時の長男、十歳になる七郎丸が、

「父上、小次郎様、ご出陣おめでとうございます」

と祝いの言葉を述べた。文永の戦の時、十歳だった小次郎が父貞綱に向かって述べた言

葉と同じである。小次郎は父のことを思い出した。

父貞綱は交易船の護衛で海に出ていることが多かった。その父がたまに帰ってくると、父を出迎える母の顔が、恥ずかしそうにほのかに赤くなるのを、小次郎は覚えている。母が出迎えるべき父はもうこの世にはいない。やがて千代と千代の母が膳を運んできた。酒宴は夜半まで続き、酒宴が終わると小次郎は、千代と連れ立って己の屋敷に向かった。その道すがら、二人はあまり言葉を交わさなかった。二人の屋敷が近すぎて、語る時間が少なかったためか、それともこれが永久の別れになるかも知れないという思いが強かったためか、

「千代殿、母を頼みます」

「小次郎様、どうぞご無事で」

二人の間で交わされた言葉は、それだけである。

屋敷に着くと家の者が寝ずに待っていた。小次郎の家には、家人が五人、小者が三人いたが、小次郎はそれらの者に、広間に集まるように命じて母の居間を訪ねた。小次郎の母さきは、宗季の文を見て覚悟を決めたらしく、小次郎の出陣のために、具足や太刀の用意をしていた。さきは小次郎に気づき、小次郎の方を向いて正座をした。小次郎は母の方を向いて胡坐をかいた。その横に千代がそっと座った。それを見て、さきが、

「これは千代殿もご一緒でしたか」

と千代に声をかけた。

小次郎は出陣のための口上を母に述べたが、それはありきたりのものであったかも知れない。

「母上、小次郎は安東の武士として出陣いたします」

母さきは、小次郎に返す言葉を考えているらしく、一瞬ためらったが、

「父上のように……」

と言って、後に言葉が続かなかった。その目が、涙を堪《こら》えている様子が痛いほどよく分かった。父上のように安東の武士として、立派に戦いなさいと言いたかったのか、それとも父上のように死んではなりません、と言いたかったのか、小次郎には分からなかった。

やがて広間に膳が用意され、安倍家の酒宴が始まった。小次郎は安倍家の家長として、一同の者に留守宅の注意事項を申し渡した。その言葉の一言一句が、父貞綱が出陣に際して、家の者に申し渡した言葉と同じであった。小次郎はいつの間にか、父と同じことを言っている己に気がついて、おかしくなり、つい笑みがこぼれた。安倍家の家人が一人一人、小次郎に出陣の祝いの言葉を述べた。今度の戦では小次郎自身が宗季の傍に仕えるために、家人の同行は許されない。小次郎が出陣した後は、港の警備に就くことになっていた。半時

ほどで酒宴が終わり、小次郎と千代は寝床に入り横に向き合った。千代が震えるような声で小次郎に語りかけた。

「必ず生きて帰ってくるとお約束くださいませ」

まるで母の代弁をしているかのように、小次郎には聞こえた。小次郎はその夜千代を抱いた。小次郎が夜明け前に屋敷を出ると、昨夜から降り続いた雨が止んでいた。母と千代が送ってきたが、船着き場が見える途中で別れた。船着き場まで見送ることは安東家では許されていない。小次郎が船着き場に下りると、連絡用の小舟がかなりの数用意されていて、そのすべてに船頭が待機していた。それはすでに安東水軍が臨戦態勢に入っていることを意味していた。小次郎はその中の一艘に飛び乗った。

「安倍貞綱の一子、小次郎です。安東丸へお願いします」

と己の名と乗船する船の名を船頭に告げた。本来であれば三人以上乗らなければ舟を出さない船頭が、小次郎に軽く頭を下げて櫓を漕ぎ出した。風がなく波静かな夜である。月が鏡のような湖面を照らし、行く手には船団の灯火が無数浮かんで見えた。やがて船頭は一際大きな安東丸に舟を寄せた。安東丸から網状の縄梯子が降ろされている。小次郎が縄梯子に手をかけようとした時、船上の警備兵の灯火で小次郎の身体が照らし出された。警備兵の一人が頭上から、「御名を」と叫んだ。

「安倍貞綱が一子、小次郎にございます。御屋形様から安東丸への乗船を命ぜられ、ただ今参上致しました」

警備の組頭らしき武士が船縁から身を乗り出して小次郎を見つめたが、すぐに、「安倍小次郎、乗船を許す」という返事が返ってきた。縄梯子に手を掛けた小次郎の背後から船頭が、「小次郎様、ご武運を」と声を掛けてくれた。小次郎は振り向きざまに、「はい」と答えて、縄梯子を上り船上の人となった。小次郎は片膝をつき、警備の組頭に、

「お初にお目にかかります。安倍小次郎宗貞にございます」

と乗船の挨拶をした。組頭が小次郎の顔を食い入るように見つめて言った。

「小次郎、初めてではないぞ」

小次郎が顔を上げると、小山内兼家の顔があった。父の生前よく屋敷に出入りしていた、父の船将仲間である。

「小次郎、逞しうなったなあ、何歳になった」

「十七歳になりました。元服して宗貞と名乗っております。一字は御屋形様の名から賜りました」

兼家の顔が懐かしそうである。

「小次郎、そなたの初陣に同じ船に乗り合わせるとは、貞綱殿のお導きであろうか」

兼家の声が弾んでいる。

「兼家様、対馬沖に着くまでにお暇ができましたら、戦場での父の様子などを、お聞かせください」

「暇ができたらそうしよう」

空が白み始めた時、小次郎は薄手の具足を身に着けた。海上での戦闘では、船上でこまめに動き回るために、具足は薄手のものが好まれた。

安東丸の船将、佐々木義久が各組頭を引き連れて船内を見回り、あれこれ細かな指示を与えていた。その義久が小次郎に近づいてきた。小次郎は義久をよく知っていた。父の船将仲間としてだけではなく、義久の長男義継が小次郎の無二の友であり、遊び友達としてよく義久の屋敷に出入りしていたからである。義久は長男と同じ歳の小次郎をよくかわいがってくれた。義久が小次郎に声をかけた。

「小次郎、先ほど兼家から聞いたが、初陣だそうではないか、我が息子義継も初陣で岩木丸に乗り込むことになっている」

義父の船ではないかと小次郎は思った。義久はさらに続けた。

「小次郎、父貞綱殿に優る働きをせよ」

小次郎は嬉しかった。義久が、父に劣らぬ働きをせよと言わなかったからである。小次郎は父がもし生きていれば、この安東丸の船将は父に違いないと思った。その時は、小次郎が安東丸に乗船することは許されない。安東家では親子兄弟で同船することを嫌っていた。戦場で肉親の情が戦闘に支障を来すことがある。また、その家の者が全員討ち死にすることもある。安東家では、常に危険の分散を考えていたのかも知れない。見張りに就いていた兵が叫んだ。

「御屋形様が見えられました」

船将以下各組頭が片膝をついて宗季を出迎えた。その末座に小次郎の姿があった。宗季の乗船で、安東水軍が動き出した。宗季が小次郎の初々しい姿に気付いたのは、船団が南下を始めた頃である。宗季が小次郎に声を掛けた。

「小次郎、そこに居ったのか」

小次郎は宗季が乗船してから、ずっと宗季の傍近くいたが気付いてもらえず、多少あせりを感じていた。小次郎は片膝をついて頭を下げた。小次郎は安堵した。船上で宗季に声を掛けてもらうことは、安東の武士として認められたことになる。

宗季は手に見慣れぬ小型の弓を携えていた。小次郎が所持している弓の半分ほどの大きさである。宗季はその弓を小次郎に渡して海に向かって矢を射てみよと命じた。小次郎は宗季から弓を受け取った。手に持った感じは小次郎の弓より重く肉厚である。小次郎は矢をつがえて弓の弦を引いたが、弦は少し動いただけで、放った矢は空しく船縁に落ちた。宗季は小次郎から弓を取り上げると、今度は自分で矢をつがえて弦を引いた。宗季の鍛え上げられた身体は、その弓を引くに十分な力を持っていた。斜め上空に向かって放たれた矢は、遠くに飛んでやがて見えなくなった。宗季が小次郎を見た。小次郎は片膝を付いて宗季を見上げていた。

「小次郎、この弓を半月弓と言う。蒙古兵は馬上でこれを使う」

「馬上ですか」

と小次郎は問い返した。馬上、半月弓を操るのは並大抵のことではない。かなりの腕力と技が必要ではないかと小次郎は思った。

「そうだ、蒙古兵は馬上でこれを自在に操る」

と宗季は答えた後、何かを考えている様子であったが、さらに話を続けた。

「今から九十年ほど前に唐土の北方、蒙古高原に一人の英雄が現れた。その名をジンギス汗という。蒙古馬と半月弓を自在に操り、近隣諸国を切り従え、その遠征軍は遥か西の彼方の国々にまで達している。今では、蒙古はこの地上にある国々の六割近くを支配している。唐土を支配してからその力はさらに強大となった。唐土の進んだ技術を取り入れて新しい武器を手に入れた。それを鉄炮という。宋の時代に造られた火薬を、こぶし大の陶器や鉄の丸い器に入れ、導火線に火を付けて放り投げると、雷のような大きな音を立てて炸裂する。文永の戦では割れた陶器や鉄の破片が兵や馬を傷つけた。今、安東水軍はこの敵と戦おうとしている」

「御屋形様」

と小次郎は宗季に何か言おうとしたが、はっとして言うのを止めた。御屋形様、我が国は蒙古に勝てるのでございましょうかと言いたかったが、宗季はそれを聞くことを許さないほどの厳しい顔をしていた。

「小次郎、世祖フビライは半月弓を、蒙古兵以外使うことを許していない。安東水軍はこの半月弓を三百ほど北方交易で密かに手に入れ、軍船に積み込んである。これを今度の戦で使うつもりだ。蒙古兵を侮ってはいけないし、恐れてもいけない」

と言って天を仰ぎ、それから小次郎の方を向いて、

「小次郎、まだまだ、だのう」

と言った。小次郎は半月弓を引けなかったことを言われていると思い冷や汗が出た。

「小次郎、対馬沖に着くまでに半月弓を引けるようにしておけ。それには櫓を漕ぐのが一番よい。下に行って櫓を漕いでこい」

安東の家の者は誰でも船の櫓を漕いだ。それが身体を鍛えるのに、もっとも適している

からである。宗季は小次郎が船倉に下りていったのを見届けると、もう一度半月弓に矢をつがえて、斜め上空に向かって放った。

軍議

船団は三日後に秋田土崎港に入港した。港には、燃える水の入った陶器の瓶が幾つも用意されていた。それを軍船や荷駄船に積み込む作業を小次郎も手伝った。小次郎は三日間櫓を漕いで手にはまめができていた。

宗季は土崎の秋田広季の館に入った。そこで渡島、宇曽利からの一族の船団が集結するのを待つことにした。土崎の港は安東水軍の重要な拠点の一つである。安東家では、常にこの土崎に一族の者を配して、秋田一帯を治めていた。領主、秋田広季は宗季の従兄弟にあたる。広季は安東水軍の武将の中でも冷静沈着であり、戦場における決断力は群を抜いている。非常時に広季は、貞時と共に安東水軍を指揮することになっていた。渡島、宇曽利からの船団が到着し次第、軍議が開かれることになっていたが、宗季は軍議の成り行きが不安であった。安東水軍の諸将は、交易により異国の情勢に精通している者が多く、元の強大さを知っている。その諸将は軍議の席上、元と戦うことを愚とするであろう。諸将の多くは、文永の戦で親兄弟を失っているし、元軍との実戦を経験している。宗季は軍議が始まる前に広季の同意を得ておく必要があった。宗季は館の広間で広季と向き合っていた。広季は宗季より五歳年上である。宗季は一族の中で、広季を誰よりも頼りにしていた。広季は宗季が到着する一日前に速船から軍令書を受け取っている。広季が先に口を開いた。

「御屋形様、今度の戦は、渡島、宇曽利、秋田、津軽の人々を巻き込み、安東一族の存亡を賭けたものとなりましょう。一族の者の同意がなければ戦はできませぬ」

広季の言う通りである。宗季は今回の出陣について、誰にも諮らなかった。一族の者の中には、不満を抱いている者もいるはずである。

「広季殿、時としてこの宗季、一族の棟梁としての器量がないのではあるまいかと思い悩むことがある。今回のことにしても、軍議を開かず軍令を発したのは、一族の者を説得するだけの自信がなかったからである。だが広季殿、考えてもみなされ、文永の戦以来、安東水軍がひたすら軍備を強化してきたのは、戦に備えてきたからではなかったのか。この宗季とて戦を好むものではない。元との戦を避けるために、鎌倉の北条家に働きかけてきた。わずかばかりの朝貢ですむのなら、それでもよいではないか。朝貢の品々は安東が用意するとまで言い続けてきた。その努力が徒労に終わったのを知ったのは、数日前の鎌倉からの急使によってである。書状にはこう書かれていた。元よりの使節を斬り捨てた故に、元との戦は避けがたい。安東次郎宗季殿は船団を率いて、対馬、壱岐沖の警備に就かれたし」

「それは真でございますか」

「真だ。一国を治める者が異国の使節を斬り捨てるなど許されることではない。高麗王は、世祖フビライに忠節を示すために、高麗の安東館を焼き討ちにしたが、誰も傷つけることなく追放したではないか。世祖フビライの怒りが伝わってくるようだ。戦に敗れたら国が滅びるが、勝ったとしても多数の犠牲が出るであろうし、それに対する恩賞を、鎌倉幕府は文永の戦の時と同様に出すことができないはずである。各地の守護や地頭の不満が爆発する。戦に敗れれば国が滅びるし、勝ったとしても北条が滅びるであろう。北条時宗殿は聡明な方だと聞いている。この道理が分からぬはずがない。側近の者から威勢のよい意見が出たのか、それとも朝廷あたりの意向かも知れない。時宗殿が戦いの意思を示すために、使節を斬り捨てたとすれば、戦は避けられまい」

「御屋形様の申される通りかと思います」

「広季殿、この北の果ての安東家にまで、鎌倉からの急使が届いているということは、この国の津々浦々に至るまで、急使が届いたということになる。九州あたりの豪族の中には、もうすでに軍を発した者もいるに違いない。戦場に遅れることは許されないし、形ばかりの軍を出陣させることは、諸国の水軍の信頼を失うことになりかねない」

「御屋形様、我らも戦場へ急がねばなりませぬ」

「諸国の水軍は総力を挙げて元軍と戦うであろう。特に、博多湾に比較的近い、松浦、小浜、村上、各水軍の覚悟のほどが伝わってくるようだ。ただ、この国の総力を挙げても、元の相手とはなりえないであろう。安東家は北条家の直接の御家人ではないが、北条家からは蝦夷管領としての地位を与えられているし、日本将軍を名乗ることも許されている。北条家は安東家を身内同然として扱っているが、裏では、津軽内三郡を領有する曽我氏に命じて安東の動向を監視させている。安東水軍が三日前に十三湊を出航したという知らせを、曽我氏が鎌倉に送ったに違いない。安東一族は好むと好まざるとにかかわらず、総力を挙げて元軍と戦わざるをえまい」

広季は何かを考えている様子であったが、

「御屋形様がそこまで深くお考えになって決断なされたことであれば、その意に従います。この広季、何人にも御屋形様のお考えに、異を唱えさせませぬ。この身自身、御屋形様と安東一族のために捧げます」

と答えた。

一族の者の中には、宗季の器量を疑っている者もいる。広季の言葉は力強い味方であった。宗季はその夜、広季の郎党と食事を共にした。広季から、郎党の中で槍の得意な者、弓の得意な者など、それぞれに腕の立つ者を紹介されたが、ほとんど覚えていなかった。宗季は軍議のことで頭がいっぱいであった。翌朝には、渡島と宇曽利からの船団が到着した。これに土崎に常駐している広季の船団を加えると、船の数は百隻近くなり、軍船の数は七十隻を超える。これが安東水軍が戦場に投入できる、ぎりぎりの数である。あとは港を守るための軍船と、交易船の護衛に就いている軍船を合わせても、軍船の数は三十隻に満たない。安東水軍の船団が対馬沖で敗北するようなことになれば、それは安東水軍の消滅を意味している。その日の昼下がり、広季の館で二十人ほどの諸将を集めて軍議が開かれた。宗季は広季と貞時を従えて広間に入り上座に着いた。ざわついていた広間の雰囲気が一瞬で静まり、広季が最初に口を開いた。

「皆には、それぞれ存念があると思う。御屋形様の御前であるが、さし許すゆえ、それぞれの存念を申せ」

その言葉が終わると同時に声を発した者がいる。末席に着座していた宇曽利川内、安倍城の城主安倍常世である。常世は二十歳になったばかりだが、一族の中では最も期待される逸材であった。宗季はそのために常世の父が亡くなった後、父の後を継がせ、安倍城の城主として安東一族の生命線の一つである鉄の生産を任せていた。

「昨年亡くなった父がよく申しておりました。文永の戦は敵も大した数ではなく、高麗軍や蒙古軍を主力とした、三、四万人ぐらいの軍勢にすぎなかったが、それでも我が国の武士は苦戦を強いられた。今度、元が攻め寄せて来る時は、滅亡させた南宋の軍が主力となる。それに蒙古軍と高麗軍を加えると、十四万を超える。これは鎌倉幕府が動員する兵の数に匹敵する。船の数も四千隻を超え、我が国の水軍、村上、塩飽、九鬼、松浦、小浜、能登などの水軍に安東水軍を加えても、六百隻から七百隻にしかならないのとは比べられない。元は何度戦に敗れても国がなくなることはないが、我が国はたった一度の敗北で滅亡し、安東はこの地上から永久に消滅することになる。父の申したことがまことだとすれば、御屋形様、何としても戦は避けなければなりません」

常世は一騎駆けの武者ではなかった。思慮分別のある若者へと成長していた。宗季は黙って常世の話すのを聞いていたが、常世の話が終わるとすぐに、一同の者を見渡して、こう切り出した。

「常世の申すこともっともである。一同の者も常世と同じ考えであろう。この宗季とて常世と同じ考えである。だが一同の者に申しておく。もはや戦いは避けることができない。鎌倉からの書状には、元の使節を殺害した旨が書かれていた。鎌倉から書状が届く日数を考えると、使節殺害の知らせは元の都大都に届いているものと思われる。我が船団が対馬沖に到達する頃には、付近の海域は元の船団で埋め尽くされていることだろう」

一座は沈黙からざわめきへと変わった。その中で一際大きな声を張り上げている者がいる。貞時である。

「北条も大海を知らぬことよのう。今、元と戦うことは、どういうことになるのか、考えたことがあるのか。津軽や秋田では蒙古の怖さを子供達でさえ知っている。文永の戦で蒙古兵に家を焼かれ、縁者を殺されて行き場を失った対馬や壱岐の人々を安東一族は受け入れ、住む土地を与えて面倒をみてきた。その者達が事あるごとに蒙古が来ると言って、その怖さを子供達に教えている。家を焼かれ、縁者を殺されて行き場を失った人々に、鎌倉幕府は救いの手を延べなかった。いつの時代にも戦で、弱い立場の者が行き場を失う。鎌倉幕府はその者達のことを考えたことがあるのだろうか。その鎌倉幕府のために、安東一族が総力を挙げて戦いに参加することはない。形ばかりの船団を送るだけでよいのではないか。万が一、戦いに敗れても、主力の船団が無事であれば、新しい土地を求めて移り住むことができる。北条家に義理立てをして、安東一族の存亡を賭けることはない」

貞時の話は終わった。一座の雰囲気から察して、貞時の意見に賛同する者が多いように思われた。ひと呼吸おいてから広季が話し始めた。

「聡明であると噂の高い執権北条時宗殿が、戦いに踏み切ることにしたのは、それ相応の事情があったに違いない。朝廷からの入れ知恵か、夷狄の嫌いな僧侶達の進言か、または、血気盛んな側近の主戦論者に推されたのか、文永の戦を例に出して、蒙古恐るるに足らんという意見が大勢を占めたのは間違いなさそうである。それと、守護、地頭の連合の上に成り立っている鎌倉幕府としては、威勢を示す必要があったのだろう。執権北条時宗殿にしても、文永の戦の時は、相手は高麗軍や蒙古軍の一部にすぎなかったが、今度はそういうわけにはいかず、朝貢を断れば元は総力を挙げて攻め寄せてくることを知っていただろうが、周りの声がそれを打ち消したのだろう。いずれにしても、鎌倉幕府は元の使節を殺害し、戦いの意思を示した。一同の者が貞時殿の意見に賛同したい気持ちはよく分かるが、好むと好まざるとにかかわらず戦いは避けられまい。北条家への恩義も多少はある。だがそれ以上に、安東水軍が諸国の水軍と協力関係にあることを考えてもらいたい。特に戦場に近い、松浦、小浜、村上の水軍は、元の水軍に港を襲われる恐れがあるために、総力を挙げて戦いに参加するであろう。安東水軍が形ばかりの船団を送ったのでは、彼らは我らの意図を疑うだろう。津軽や秋田は九州から遠い。直接戦場になる恐れはない。軍事力を温存し、戦いが終わった後で疲弊しきった諸国の水軍を制圧するのではないかと、疑念を抱くだろう。疑念を抱かれるのは得策ではない。そのようなことになれば、安東の交易船が彼らの港に立ち寄るのを拒否するだろうし、昔のように、安東の交易船に対し、海賊行為を働くかも知れない。御屋形様は、そのことを心配なされている」

広季の言葉に誰も異を唱える者はいない。やがて宗季がおもむろに口を開いた。

「皆の気持ちはよく分かった。皆も知っての通り、我が水軍は交易船の航路の確保のためにある。他の国を侵すためにあるのではない。戦のない世でなければ安東は栄えることができないし、交易なくしては、安東は成り立たない。交易こそが安東の生命線である。その生命線が断たれようとしている。北条家への義理や諸国の水軍への友好の証としてだけで戦うのではない。安東自身のために戦うのである。文永の戦以来、安東は水軍の強化に力を注いできた。その結果、安東水軍は諸国の水軍を圧倒している。その水軍を温存することは許されないし、温存すれば元との間に密約を交わしたのではないかと疑われるだろう。先ほど広季が申したように疑念を抱かれるかも知れない。我が水軍は文永の戦以来、諸国の水軍と相互協力を約してきた。それに今度の戦では門外不出としてきた、この秋田の燃える水を村上水軍に提供することになっている。鎌倉幕府から要請されている対馬、壱岐沖の警備について、村上水軍は総力を挙げて当たることを、申し出ている。村上水軍は、我らが総力を挙げて共に戦うことを期待しているだろう。その期待を裏切ることはできない。ただし、我が国のすべての水軍が総力を挙げて元の水軍に立ち向かったとしても、鯨に戦いを挑む鰯のようなものだ」

と言って次の言葉に詰まったが、ひと呼吸おいて、

「海の戦は陸の戦とは違う。いろんな要素を含んでいる。潮の流れ、天候の変化、それに意外なものまで味方につけることができるかも知れない。海の上では、強い者が勝つとは限らない。勝った者が強いのである」

さらに宗季は続けた。

「鎌倉からの書状には、元からの使節を斬り捨てた旨が書かれていたが、鎌倉幕府が元の使節を斬り捨てたのは一度ではない。文永の戦の翌年と南宋が滅んだ一昨年にも元の使節を斬り捨てている。そのことを安東には何一つ知らせてこなかった。書状に書かれてあったのは、その時のことであったのかも知れないし、最近新たに元からの使節が来たのかも知れない。元の皇帝世祖フビライが、我が国への追討令を発したのは、今年の一月のことである。我らはこのことを交易船から知りえたが、鎌倉からは何の知らせもなかった。鎌倉は己に都合のよいことしか安東に知らせない。近頃は、北九州や山陰の守護や地頭を、盛んに北条一門の者に替えている。戦場に近い守護や地頭の寝返りを恐れてのことだろうが、本心は別のところにあるのだろう。元の来襲を口実に、北条一門の勢力を拡大しようという意図が窺える。現に、我らも曽我氏によって監視されている。北条は一門以外信じない。安東一族は一門同様の扱いを受けているが、安東の勢力拡大については、快く思っていな

いはずである。諸国の守護や地頭、水軍もそのことを考えているだろう。元との戦で疲弊することは許されない。北条にとって一番好都合なのは、元との戦に勝ち、北条一門以外の勢力が衰退することである。世祖フビライは、無傷のまま南宋の水軍を手に入れている。南宋の降将范文虎は、フビライに忠節を誓い、追討軍の先陣を命ぜられたと聞いている。ただし、范文虎は大将ではなく副将格であろう。総指揮を執る大将は蒙古人のはずである。世祖フビライは、范文虎をそれほど信用しないだろうし、南宋の水軍は蒙古兵の監視下に置かれるだろう。蒙古兵は海の戦を知らない。范文虎以下、南宋の降将達との間に軋轢が生ずるはずである。そこに我らの勝機があるのかも知れない。それもかすかな望みであることは、皆も知っての通りである。船団を組んでの元水軍との決戦は避けなければならない。先ほど常世が申したように、ただ一度の敗北で我らはすべてを失うことになる。今後、安東水軍は全軍が海賊戦を行うことにする。明日の評定においては、皆にこのことを徹底させるように」

その後出席の諸将が意見を述べたが、宗季は諸将の意見を聞きながら考えていた。安東の里に住む人々のこと、鎌倉のこと、諸国の水軍のこと、蒙古のこと、これから先どうなっていくのか、鎌倉に使節を送った元の意図はどこにあったのだろう。使節が携えた国書が、その使節を斬り捨てねばならないほど北条にとって屈辱的なものであったのか。一国の使節を斬り捨てるなど許されることではない。返書を使節に渡せば済むことではないか。北条は蒙古のことをどれだけ知っているのだろうか。

十三湊には、蒙古に征服され、その支配を嫌った、契丹、金、高麗、宋の人々が逃れてきて数多く住み着いている。安東家ではその中で能力のある者を家臣として召し抱え、それらの者から蒙古についての、ありとあらゆる情報を得ている。それらの者達の情報から考えても、元がこの国との交易を願っての使節であったことは、間違いなさそうである。

宗季は契丹人の家臣から聞いたことを思い出していた。蒙古を統一したジンギス汗は世祖フビライの祖父にあたる。ジンギス汗は征服した国々への略奪と殺戮を繰り返していたが、これを止めさせた人物がいる。契丹人の耶律楚材である。耶律楚材はジンギス汗に略奪と殺戮を止めさせ、征服した国々から税を徴収することを勧めた。これが蒙古の財政を豊かにし、さらに交易に税をかけることにより、莫大な利益を蒙古にもたらした。そのためにジンギス汗は、特に交易都市の征服に力を注いでいる。蒙古高原の遊牧民の部族国家にすぎなかった蒙古を世界帝国に造り上げたのは、ジンギス汗、オゴディ汗、という、二人の汗に宰相として仕えた耶律楚材であると、契丹人の家臣は誇らしげに語っていた。

世祖フビライがこの国に朝貢を求めてきたのは、朝貢そのものが目的ではなく、交易が目的であったのだろう。世祖フビライの意図を、北条は知っていたのだろうか。ただ、北条の武威を示すために元との戦を選択したのだとしたら、何と愚かなことだと宗季は叫びたかった。敵味方、それに直接戦に関係のない多くの人々の血が流され、北条は何も得ることができないだろう。むしろ北条の滅亡を早めることになるかも知れない。諸将の意見が出揃ったところで、広季が宗季の意向を皆に伝えて軍議を終えた。

翌朝、広季の館の大広間で戦の評定が行われた。宗季は諸将と共に評定に出席したが、出席者は百人を超え、大広間は日焼けした海の男の熱気に溢れていた。その中に十人ほどの契丹人や高麗人の家臣の姿があった。大広間の両側に、元軍が使用すると思われる武器が並べられていた。評定の進行は、館の主人である広季の役目である。広季が最初に口を開いた。

「安東一族の棟梁である御屋形様から、皆に申し聞かせることがある故、心して聞くように」

宗季が話し始めた。

「皆には土崎への参集、大儀であった。我ら安東一族は好むと好まざるとにかかわらず、文永の戦の時と同様に、総力を挙げて元軍と戦うことになった。交易船からの情報を分析すると、高麗の合浦と元の寧波に集結している船の数は四千隻を超え、動員された兵員は十四万人に達する。その中で、我らと直接戦うことになる軍船の数は、およそ一千隻と思われる。前回の文永の戦と同様に、安東水軍と村上水軍は、対馬、壱岐沖の警備を任されることになった。戦の詳細については、広季と貞時から話があると思うが、元の水軍との決戦は避けようと思っている。兵の強さ、軍船の装備については元の水軍に劣っているとは思えないが、元の水軍の方が圧倒的に数が多い。我らに疲弊することは許されない。疲弊することは、元の水軍に各個撃破されることになる。各船将に申しておく。功名にはやった一騎駆けの行動は慎むように」

宗季の話が終わると、広季が作戦について、

「安東水軍は一丸となって海賊戦を行う。夜襲、奇襲、待伏せを常套手段とする」

と説明しだした時に、各船将達の間から、どよめきが起こった。安東水軍は秩序ある軍団である。永年にわたって海賊戦を禁じてきた。それを止めて海賊戦を行えと言う。船将達は驚きの色を隠せなかった。広季は続けた。

「文永の戦で、安東水軍は甚大な損害を被り、立ち直るまでに数年を要した。船の損害に加え、経験ある多くの将兵を失うことは、安東の生命線である交易に支障を来すことになる。元水軍と言っても、高麗水軍と南宋水軍の連合軍である。高麗水軍はよいとして、南宋水軍は永い航海のあとで敵の海域に漂うことになる。その日数が永ければ永いほど、彼らの疲労は我らの比ではない。元水軍は、一刻も早い決戦を望むであろうが、我らはそれ

を避け、元の船団を見つけたら逃げることにする」

広季の話が終わらないうちに、船将の一人が発言した。

「逃げるのでございますか」

「そうだ逃げるのだ」

と力強く言った広季の様子がどことなくおかしかった。広季はさらに続けた。

「ただ逃げるだけではない。停泊中の元水軍が寝静まった頃を見計らって夜討ちを駆ける。また、船足の速い船を囮《おとり》にして、元軍船を誘き出し、対馬の島影に待ち伏せて、これを殲滅する」

と言い放った時、船将達が一段とざわめきだした。

「広季様、それでは我らは、まるで海賊ではありませぬか」

「そうだ、我らは元との戦では皆海賊になるのだ。元水軍を翻弄し、苛立たせ、元水軍が疲れ切ったところで決戦を挑む。そうすれば我らにも勝機はある」

広季の話を聞きながら宗季は思った。元との戦で戦力を消耗し、疲弊するのは我らの方ではないか。広季の話が終わると、貞時が威勢のよい口調で話し出した。

「元水軍の将兵とて同じ人間ではないか。戦に恐怖心を抱かぬ者はいない。人は時として恐怖心から残酷なことをする。文永の戦では、捕らえた対馬の人々を生きたまま船縁に釘で打ちつけて攻め寄せてきた。あれは奴らに逆らうと、こういう目に遭うぞという脅しであろうが、それが恐怖心の表れである。相手を恐れていなければ、何もそのようなことをする必要がない。陸の戦いにおいても、鎌倉武士が名乗りを上げている間に、数十本の矢が刺さっていたと聞いている。そんな卑怯な相手に戦の作法はいらない。勝った方が正しいし、勝つことが先決である。元との戦では、夜討ち、朝駆け、待伏せは当たり前のことである。先ほど広季様が申されたように、もともと蒙古は水軍を持っていない。元水軍は高麗水軍と南宋水軍の連合軍である。これを監視するために、かなりの数の蒙古兵が軍監として乗り込んでいる。その中に元の皇帝フビライに繋がる一族の者が、必ず大将としている。その者を捕らえられれば、我らは戦いを有利に進めることができる。捕らえた者を軍船の船縁の柱に縛り付けて戦に臨めば、元水軍は手も足も出ないであろう。その者が乗り込むのは、一際大きな軍船に違いない。戦いが始まると数隻の軍船が一隻の軍船を護るような行動をとるので、フビライの一族の者が乗り込んでいる軍船はすぐに分かる。それを見逃さないことだ」

貞時の話を一同の者は、食い入るように聞いていたが、その中に頷く者や相槌を打つ者が多数いた。貞時はこのような雰囲気の場には、なくてはならない人物である。貞時の話は軍議を盛り上げた。その盛り上がりの中から一人の船将が立ち上がった。安東丸船将の佐々木義久である。

「貞時様にお尋ね申す。敵将を捕らえるという具体策はおありか」

「おう、なくて申すものか。だが義久、お主にはこの仕事はさせられぬ。お主には安東丸の船将として御屋形様をお護りする大事な役目がある。それにこの作戦については、御屋形様のお許しを得ていないので、ここでは策を話すわけにはいかない。ただ戦場に着くまでに、この作戦に参加する者を決めるつもりである」

貞時の言葉は自信に溢れていた。評定に出席したほとんどの者は、安東水軍が元水軍とまともにわたり合えるのか不安を抱いていた。それが広季や貞時の話を聞いているうちに、評定の雰囲気が、元軍、恐るるに足らずということになるから不思議である。広季と貞時の話がひと通り終わると、契丹人と高麗人の家臣から元軍が使用する武器と使用方法について説明があった。

文永の戦ですでに使用されたものがほとんどで、特別目新しいものはなかったが、鉄炮についての説明では、出席者の全員が真剣な眼差しで聞いていた。文永の戦では、高麗水軍の軍船が投石器で鉄炮を安東の軍船に撃ち込んできた。火箭に比べて投石器の命中率がよくないために、それほどの威力を発揮しなかったが、それでも空中で炸裂すると、雷のような音と稲妻のような光が安東水軍の将兵を驚かした。中には船上で炸裂して将兵を傷つけることもあり、高麗水軍が使用する鉄炮に安東水軍の将兵はかなり悩まされた。契丹人の家臣の話では、安東水軍は対宋交易で鉄炮を大量に手に入れ、土崎港の蔵に蓄えていた。その鉄炮を使用することになったので、明日、鉄炮の実射訓練を行うという。

評定は夕刻に終わり、船将達はそれぞれの軍船に帰っていった。

小浜港へ

翌朝、荷を積み終えた船から出航を始めた。それは宗季達が土崎港に到着してから三日後のことであった。昼過ぎには、すべての船が土崎港沖の日本海に集結して、船揃えが始まった。指令船である安東丸のすぐ前を、各軍船が三十間ほどの距離を保ちながら通り過ぎて行った。各軍船の船縁には、将兵が勢揃いして安東丸船上の宗季の方を向き、それぞれ手にした武器を頭上にかざしていた。宗季は安東丸船上に床机を据えて各軍船の将兵を閲兵した。

船揃えの殿軍《しんがり》は、安倍常世の率いる宇曽利の船団である。安東水軍では、船揃えの殿軍を務めるのは、初めて戦に参加する将の船団と決まっていた。それだけに、宗季以下重臣達は、安倍常世率いる宇曽利の船団が船揃えで、どういう行動をとるのか注目していた。やがて五隻の宇曽利の船団が、常世の乗船している宇曽利丸を先頭に姿を現した。その船団が安東丸の前を通り過ぎる時に、船上の将兵が手に持った槍や弓などの武器を頭上にかざして、「えい、えい、おう」と鬨《とき》の声を上げた。士気が盛んであった。その中に誇らしげな常世の姿があった。安東丸船上の宗季と重臣達はほっとした。

船揃えが終わると鉄炮の実射訓練が始まった。鉄炮は高価な物なので、各軍船が使用する鉄炮は三発と決められていたが、それでも全体としては二百発もの鉄炮が使われることになった。各軍船では鉄炮の導火線の長さを調節し、投石器で空中に発射して炸裂するまでの時間を計った。さすがに二百発もの鉄炮が炸裂すると、辺りに轟音がひびきわたり、落雷が続いているように感じられた。鉄炮の実射訓練を終えると、船団は戦闘隊形を組んで南下を始めた。海上は穏やかで、空には雲が多かった。雲が多いのは梅雨の季節が近いせいである。宗季は傍に控えていた小次郎に語りかけた。

「小次郎、大分船に慣れたようだな」

「はい、御屋形様、もう船酔いはいたしません。それにしても安東水軍は、交易で手に入れられぬ物はないのでございますね。先ほどの鉄炮の訓練には驚かされました。稲妻が走り、雷鳴がとどろき、今にも雨が降りそうでございました。あのような物を造る元とは、我が国よりはるかに進んでいる国のように思われます。このような国と戦って大丈夫なのでございましょうか」

「この宗季とて、小次郎の考えているようなことを危惧している。今この地上に、蒙古軍に勝利する国などなく、我が国とて例外ではない。今まで、我らに恵みをもたらしてきた海がこの国を護ってきた。この地上にあるほとんどの国が、蒙古の騎馬軍団の前にひれ伏し、その支配下に置かれている。今から二年前、フビライは南宋を攻め滅ぼし、南宋の水軍を無傷のまま手に入れている。これまで水軍をもたなかった蒙古軍が、高麗と南宋の二つの強力な水軍を手に入れたことになる。安東一族は、高麗や宋の船大工を招き水軍を強化してきた。そのお陰で、安東水軍の軍船は、能力や装備、大きさにおいて、高麗や南宋の軍船に劣っていないが、数においてはまだ比ぶべくもない。安東水軍が百隻近い船で船団を組んだのは初めてであるが、それでも、高麗と南宋の水軍の連合軍である元水軍の一割にも満たない。我が国のすべての水軍を動員したとしても、その軍船のほとんどが小さく、元水軍の敵とはなりえないであろう。勝機があるとすれば、それは正面きって戦わないことである」

宗季は話を止めて前方を見つめた。そこには無限に広がる大海原があった。宗季は安東一族の棟梁の家に生まれた。宗季は生まれた時から安東一族の棟梁になることを運命づけられていた。宗季は小次郎と同じ年の頃、安東一族の棟梁の家に生まれたことを悔やんだことがある。同じ年頃の若者が交易船や軍船に乗り込み、宋、天竺、また北方のカムチャツカまで行くことができたのに、安東宗家の跡取りとして、宗季にはそれが許されなかった。同じ年頃の若者から、宋、天竺の話を聞き、胸がときめき、居ても立ってもいられなくなって、交易船に乗船する許しを父に乞うたことがある。

「次郎、そなたは安東宗家の跡を継ぐ身ではないか。軽はずみなことを考えるでない」

それが父の口癖であった。その父も蒙古との戦を心配しつつ三年前亡くなった。宗季は船団を率いて、天竺の西の果てまで行くことに思いを馳せていた。宗季は長男の五郎丸が、十五歳になったら家督を譲り、安東一族の棟梁としての己を捨て自由気儘に生きてみたいと思っていたが、それにはあと十年は要する。小次郎は何か考えこんでいる様子の宗季を見つめていたが、

「御屋形様、何か心配ごとでもおありですか」

と声をかけた。

「小次郎、心配ごとなどというものは、あってないようなものだ。小次郎、海を見てみろ。安東に繁栄をもたらしてきたこの海が戦場に変わる時、安東の運命が変わるかも知れない。文永の戦が始まる前に、高麗は安東館を焼き討ちにしたが、そこの住人を傷つけることなく追放した。高麗は、安東とは戦いたくなかったのだろう。宋の人々も同じ思いであったろう。蒙古の世界征服の前に、平和を願う人びとの声はかき消されたのだ。蒙古は世界征服後に、新しい秩序を考えているのかも知れない。高麗も、南宋も、フビライの命には逆

らえない。フビライの命に逆らうことは、多くの人々の死を意味することになるからだ。蒙古兵は海を知らない。高麗や南宋を征服したことで、初めて海を見た者がほとんどであろう。その蒙古兵が、高麗や南宋の船団に軍監として乗り込むことになる。海の戦いを知らない蒙古兵が水軍の指揮を執れば、どういうことになるか。この地上において蒙古軍の敵となりうる国はない。その前に立ちはだかるものがあるとすれば、それはこの大海原だと思っていた。蒙古はそれさえも、高麗や南宋の支配によって手に入れようとしている。蒙古が海を支配する時、我らの自由な交易はなくなり、すべてのことが蒙古軍の監視下に置かれるだろう。高麗や南宋の人々は、蒙古軍の監視下、昼夜兼行で多くの船を造らされた。その数が四千隻に達したと聞いている。また、日数が決められていたために、かなりの手抜きが行われたとも聞いている。蒙古軍は海を知らない。船の数さえ揃えば満足したであろうことが想像できる。その粗悪な船に乗り、十万を超える大軍が荒海を航海して攻め寄せてくる。嵐にでも遭ったらどうなるのだろうか。一瞬にして海の藻屑となってしまうのではないか。安東の船は永い航海や嵐に耐えられるように、船底は二重底か三重底になっているし、まさかに備えて、全ての船に脱出用の小舟と乗組員全員の浮木を用意してある。元の船には、脱出用の小舟も浮木も用意されていないだろう。それらのものまで造る日数がなかったはずである。元軍が嵐にでも遭って海の藻屑となることを願っている反面、手抜きをして、自分達で造った粗悪な船に乗り込まなければならなかった高麗や宋の兵のことを考えると、この宗季、海の男として胸が痛くなる」

宗季は、陸とは異なる海の風を感じていた。海は富を運んでくるが、時として禍も運んでくる。安東一族は禍に備えて水軍を創りそれを強化してきた。今この国において安東水軍に肩を並べる水軍は存在しない。十三湊も京、鎌倉に次ぐ都として栄えている。だが安東の実力をもってしても高麗や南宋の水軍に遠く及ばない。家臣の前では、広季や貞時と同様に威勢のよいことを言ったが、内心別のことを考えていた。文永の戦の時とは違い、今度は勝てる気がしなかった。ただ、鎌倉幕府は文永の戦に懲りて、博多湾の沿岸に石塁を築き、元軍を水際で阻止しようと準備を進めてきた。だが、それとて元軍がそこに上陸するという確証はない。水軍についても鎌倉幕府は諸国の水軍に頼るしかない。鎌倉幕府には、元の軍事力と我が国の軍事力の比較ができていない。宗季には今度の戦が、ますます無謀なことのように思えてきた。宗季は思い出したように小次郎を見た。

「小次郎、この船団は安東とそこに住むすべての人々の運命を乗せている。我々は常に勝者でなければならない。今度もそのつもりである」

宗季は考えていることと裏腹のことを言った。宗季の言葉の一つ一つに重みがあり、小次郎にとっては、宗季の話す言葉が全てであった。沈みかけた夕陽が西の空と海を真紅に染めていた。それがこれから先の安東水軍の運命を暗示しているかのようであった。日没と同時に各船の船首と船尾に灯火がともされ、船足は半分に落ちた。夜の航海は危険を伴う。百隻近い船団ではなおさらである。各船上では、見張りの兵が灯火をかざして合図を送り、お互いの船が近づき過ぎないように警戒をしていた。小姓の一人が食事の用意ができたことを宗季に伝えた。宗季は船室に下りて行き、小次郎は船上に残された。

昼間の雲が嘘のように消え去り、夜空には星が輝いていた。小次郎は十五歳の時に水軍の学問所で、天文学や航海術を学んだことを思い出していた。星を観察して船の進行方向を知る方法や、木に乗せて水に浮かべると常に北を指す鉄の棒には驚かされた。常に北を指す鉄の棒のお陰で、星のない夜でも船の進む方向を間違えることはなかった。小次郎は星空を見上げて、船団が南に向かっていることを確かめた。学問所で小次郎は、海図を覚えるのが苦手であった。学問所には、この国や、高麗、宋などのあらゆる地域の海岸線の海図があった。その海図には、船が座礁しそうな岩礁や、船の通れそうな水路が、こと細かに描かれていた。船手頭がその中から幾つか取り出して、学問所の若者に、どこの国の、どの地域の海図か質問した。小次郎はこれに答えられず、よく叱られたものである。安東水軍の船手頭は皆、あらゆる国のあらゆる地域の海岸線、岩礁、水路を熟知しており、海図を見ずに航行できた。それが、船手頭が若者を叱る時の口癖であった。小次郎は海図を覚えるのが苦手ではあったが、戦場となる対馬や壱岐の海図については、安東丸備え付けのものを、暇をみつけては見て、頭に叩き込んだ。

小次郎は闇に動く船団の灯火を見て、亡くなった父貞綱のことを思い出した。父は文永の戦の時、母や自分を残して、幾度となく通ったこの海をどのような思いをして戦場に向かったのだろうか。自分もまた、母と妻を残して戦場に向かっている。戦場に着くまでに、父の思いが分かるかも知れない。

「小次郎殿、食事に参りませぬか」

近くで同僚の小姓の声がした。小次郎は同僚の小姓と共に船室に下りていった。

数日間は、波が穏やかで順調な航海が続いた。佐渡の島影が見え出した時、北へ向かう三隻の交易船に出会った。十三湊に向かう安東の交易船である。その交易船が異様に感じられたのは、そこにあるべき護衛の軍船が見当たらなかったことである。安東水軍では、護衛のない交易船だけの航海は認められていない。交易船が安東丸に近づき、小舟を降ろした。安東丸から縄梯子が降ろされ、船手頭が上ってきた。船手頭は宗季の前に進み出ると、片膝をついて語り始めた。

「御屋形様に申し上げます。我らはルソンからの交易の帰りでございます。交易船三隻、軍船二隻の船団を組んで航海を続け、水の補給のために若狭小浜港に入りましたところ、港の警備がいつになく厳しく、小浜水軍が慌ただしく出陣の準備を致しておりました。懇意にしている小浜水軍の船手頭から聞いたところによりますと、高麗の合浦に集結している一千隻近い船に荷の積込みと兵員の乗船が始まったとのことでございます。動員された兵の数は、高麗、宋、蒙古軍を合わせて四万人に達し、その軍勢が明日にも小浜に攻め寄せてくるかも知れず、安東水軍の皆様には、小浜に残って共に戦って下さらぬかと懇願されました。我らの他にも安東水軍の八隻の軍船と二隻の荷駄船が停泊しておりました。軍船の船将方の話によりますと、瀬戸内海で村上水軍と戦の訓練を行い、十三湊への帰路、水の補給のために小浜港に立ち寄ったところ、元軍出撃の噂を聞いたとのことでございます。軍船の船将方は、御屋形様のご出陣を小浜港でお待ちして合流するつもりであると申しておりました。小浜港で軍船の船将方と交易船の船手頭の間でひと悶着あり、船手頭は一度十三湊に帰り、御屋形様の下知を待ちましょうと言い、船将方は、小浜港で御屋形様の到着を待つと言う。お互いの意見が相容れず困り果てておりました時に、船将方の中から、小浜から十三湊までは我らの内海と同じではないか、交易船だけで航海しても襲われることはない。交易船にはルソンからの積荷もあるので、一度交易船だけを十三湊に帰そうという意見が出まして、これが皆様の賛同を得て、交易船だけで十三湊に帰ることになり、航海を続けておりました」

船手頭の話を聞きながら、宗季は考えていた。安東水軍は約百隻の軍船を保有している。その中で二十間を超える大型軍船は約半数の五十隻、その大型軍船が遠洋交易の護衛に就く。今、船団を組んでいる百隻近い船の中で大型軍船は三十隻、小浜港に停泊している軍船は、遠洋交易の護衛に就く船ばかりなので、そのすべてが大型軍船である。安東水軍は保有する百隻の軍船のうち八十隻を、虎の子の五十隻の大型軍船のうち四十隻を、元との戦に投入することになる。元との戦に敗れれば、ほとんどの大型軍船を失い、遠洋交易は成り立たなくなる。遠洋交易のために、大型軍船を温存したかったが、それも詮なきこととなりそうである。それに、元との戦に敗れるようなことになれば、この国も、安東もこの地上から消滅するかも知れない。宗季は船手頭の話を聞き終えると、航海の労をねぎらい、十三湊に帰るよう命じた。三隻の交易船は船団に別れを告げて、十三湊へと帰っていった。

宗季は船将の佐々木義久を呼んだ。宗季は能登で船団に水などの補給をして、一気に対馬沖に向かうつもりでいたが、十隻もの軍船が小浜で待っているということであれば、小浜に急行しなければならない。能登で、水などの補給をしている時間はない。補給は小浜でするることにして、そのことを各船に伝えるよう命じた。義久は旗頭を呼び、旗の合図で各船に宗季の命令を伝えた。宗季は気が急いていた。もうすでに元軍は合浦の港を出航したに違いない。元軍の行く手には対馬がある。元軍は戦の手始めに対馬を蹂躙するだろう。対馬の宗殿はどうしているだろうか。安東は対馬の宗氏と懇意にしている。高麗との交易が盛んだった頃、対馬は安東の交易船の通り道であった。安東の交易船はよく対馬に立ち寄り、水の補給と船の修理を行った。安東水軍の将兵は、対馬の住人の世話になり、そのことを恩義に感じていた。宗氏の軍勢だけでは、元の大軍を防ぎきれない。一刻も早く対馬の住人を救い出さなければならない。船団は船足を速め、見張りの兵を倍にし、夜間も船足を落とさなかった。

数日後に能登半島沖にさしかかった。付近の海域を能登水軍の軍船が警戒していて、いつもと様子が違っていた。元軍が合浦の港を出航したことが伝わっているのだろう。宗季は速船を出して、能登の港に立ち寄らぬことを能登水軍に伝えた。船団は能登半島を回り込むようにして、海岸線を進んだ。能登を過ぎると若狭小浜は近い。戦場が近づいているせいか船上の将兵の動きが慌ただしい。

宗季は船上で佐々木義久と語り合っていた。船団に十隻の船足の速い船が加わっている。軍船の倍の速さである。船体は細長く、左右に十五ずつ櫓が付いている。このような船足の速い船は、村上水軍がもっとも得意とするところである。安東水軍は、この船の製造方法を村上水軍から学び、これに独自の工夫を加えた。船首と船尾に舵を付けて、船首と船尾の形を同じにすることにより、櫓の漕ぎ手が向きを変えるだけで、前進後退が素早くでき、小回りが利くようになった。ただ、船体が大きくないために、投石器や火箭の装備はない。宗季はこの船を戦場の情報収集に使おうと思っていたが、義久の案は奇襲作戦に使おうというのである。義久の考えでは、速船の船首と船尾の空いている場所に、投石器と火箭を一器ずつ備え付けるという。ただ、速船は軍船のように高さがないので、投石器や火箭は射程距離が短く、それほどの威力は望めないが、敵船に接近して攻撃ができ、いち早く敵船の射程から離脱できるので、敵を攪乱するのに最適であるという。宗季は義久の案を採用して、速船への投石器と火箭の装備を若狭小浜港で行うことにした。

宗季は戦がどの位の日数続くのか考えていた。半年も続くようなことになれば、それは消耗戦を意味し、圧倒的な元軍の数の前に、半年後には海上に浮かんでいるこの国の船は、一隻もいなくなるのではないか。ただ、元軍と短期決戦するだけの力は、この国の総力を挙げてもない。評定では取り上げなかったが、高麗の港を攻撃するという案があった。元軍は総力を挙げてこの国を攻撃するのは間違いない。高麗は自国の各港を警備するための軍船を残していないだろうし、残していたとしても、それは取るに足らないものだろう。それに、元軍は高麗の港が攻撃されるとは夢にも思っていないだろうし、日本には高麗の港を攻撃できる力などないと、信じきっているはずである。意表をついて、高麗の港を攻撃して占領する姿勢を見せれば、元軍に衝撃が走る。高麗の港が占領されたとなれば、補給のための港を失う。補給を断たれた元軍は、海に漂い、我らに早期決戦を挑むか、取って返して高麗の港を奪還するしかない。早期決戦を挑まれたら、我らは逃げ回るだけでよい。そのうちに、元水軍は補給ができず、水や食糧が尽きて戦闘能力を失うことになる。ただ、この作戦は、安東水軍の力をもってしても無理である。それに、高麗の港を攻撃するためには、兵力を分散するのは危険すぎるという理由で採用されなかった。これとは別に宗季には、高麗の港を攻撃したくない思いがあった。高麗が蒙古に支配される以前、安東と高麗との交易がもっとも盛んだった頃、安東の交易船は高麗の港に自由に出入りしていたし、高麗の交易船も十三湊をよく訪れたものである。宗季には高麗に多くの知人がいる。安東水軍の多くの者がそうである。蒙古の支配に痛めつけられた高麗の人びとを傷つけるわけにはいかない。高麗の忠烈王は高麗の生き残りを賭けて、フビライの娘を娶り、フビライに忠節を誓ったが、その願いも空しく、フビライから多大の賦役を課せられ、一千隻近い船を建造し、高麗軍は遠征軍の主力となっている。他の国には支配されたくないものである。

宗季はもう一度考えてみた。高麗の港の、食糧や武器を蓄えている倉庫に火をかけることができれば、たいした戦果はなくとも、高麗水軍に衝撃が走る。そうなれば、高麗水軍は港の警備のために、かなりの数の軍船を遠征軍の中から割かなければならなくなり、その兵力は少しでも分散されることになる。宗季はこの作戦を実行しようという思いに傾いていた。

宗季は秋田広季を安東丸に呼んだ。この作戦は広季以外の将には向かないであろう。広季は冷静沈着な人物で、己の感情に溺れることはない。幾多の海戦において安東水軍の危機を救っている。宗季の話を聞いて広季は、仰せの通りに致しますと答えた。勘のよい男である。広季は宗季の意図をすべて理解した。宗季は広季と謀って、高麗の港を攻撃する船の数を十隻と決め、その内訳を軍船八隻に速船二隻とし、船団の編成と装備については、若狭小浜で行うことにした。話が終わると広季は小舟で、己の船に帰っていった。宗季はひと息ついてほっとした様子であったが、やがて、思い出したように、安倍常世を安東丸に呼んだ。宗季の傍らに、小次郎が片膝をついて控えていた。

常世は宗季の前に進み出て片膝をつき、

「安倍常世、お召しにより罷り越しました」

と復命した。宗季は何か思案気であったが、常世に気付くと、難しそうな顔をした。宗季の顔を見て常世は自分が何か失敗をしでかして、それを誰かに諫言されたのではないかと心配になってきた。宗季は常世と小次郎の若い二人に、対馬の住人の救出作戦を命じようと思っていたが、直接の戦闘でないこの作戦に若い二人は不満を表すかも知れない。宗季は一計を案じた。宗季はなおさら難しそうな顔をして、常世と小次郎を見て言った。

「そなた達二人には、この仕事は難しい。下がってよい」

この言葉に常世がすばやく反応した。

「御屋形様、この常世、若いからといってできぬことはありませぬ。何なりとお申しつけ下さい」

この言葉に小次郎が同調して、

「常世様の申される通りでございます。御屋形様、どんなに難しいことでも成し遂げて見せます」

これを聞いた宗季の顔が、見る見るうちに険しくなってきた。

「そなた達がそれほど申すなら、この仕事、そなた達二人に任せてよいが、失敗すれば安東水軍は諸国の水軍への面目が丸つぶれとなり、この宗季、腹を斬っても申し訳が立たない」

常世と小次郎の顔が青ざめている。もはや二人は、宗季の術中にはまったと言ってよい。

「そなた達も知っての通り、対馬と安東水軍との間には深いつながりがある。文永の戦以後、非常時には、対馬の住人を安東水軍が、壱岐の住人を村上水軍と塩飽水軍が救出に向かうことになっている。もし我らが対馬の住人を見殺しにするようなことになれば、安東水軍は面目を失う。対馬の住人を助け出せなければ、戦に勝っても、安東水軍は恩賞が欲しさに対馬の住人を見殺しにしたという誇りは免れない。そなた達には対馬の住人を助け出すことが、一番の手柄となる。救出作戦には、速船五隻と荷駄船を五隻、それに、宇曽利の軍船五隻を使う。五隻の速船は夜陰に紛れて対馬の海岸に乗り上げ、兵を上陸させて、山に逃げ込んだ対馬の住人を救出する。上陸する兵の指揮は安東丸船将の佐々木義久に執らせる。小次郎はその指揮下に入るように。道案内は、文永の戦の後、安東水軍に加わった対馬出身の兵にさせるので迷うことはない。彼らは、対馬の住人が逃げ隠れしそうな場所を一番よく知っている。彼らが救出に向かえば、対馬の住人も安心するだろう。常世には、対馬沖に待機して付近の海域を警戒してもらいたい。夜明けとともに高麗水軍が動き出す。それに備えるのだ。常世に、くれぐれも申しておくが、決して対馬の港に近づいてはならぬ。対馬の港は高麗水軍に抑えられている。近づくのはあまりに危険だ。この作戦の成否は、そなた達二人にかかっている。功を焦ってはならぬ」

宗季の話が終わった時、二人は顔を見合わせた。安東丸船将の佐々木義久が作戦の指揮を執ることの重大さに驚いたのである。佐々木義久は、戦の駆引きにおいて、安東水軍の中で右に出る者がない。安東丸の船将は、船将の中でも別格の存在で、その役目は御屋形様を護ることにある。安東丸を離れることが許されない。その義久が指揮を執るという。二人には作戦の重大さが理解できた。やがて、宗季は二人に背をむけ、海を見つめた。

「小次郎、日に焼けて逞しそうに見えるが、半月弓を使えるようになったか」

「はい、御屋形様にはまだまだ及びませぬが、かなり遠くまで飛ぶようになりました」

常世が帰った後、宗季は一人で船首の見張り台に上った。見張り台には三人の兵が見張りに就いていたが、宗季に気づき、宗季の前に来て片膝を付いた。宗季は三人の兵にそのまま見張りを続けるように命じ、床机を持ってこさせ、それに腰を下ろした。

見張り台からは船団の動きがよく見えた。百隻近い船が、間隔を保ちながら、整然と海の上をすべるように進んでいる。この船団のうち、どれだけの船と将兵が、無事に十三湊に帰れるのだろうか。元との戦に、小浜港に停泊している軍船と荷駄船を加えると、安東水軍は百隻を超える船と五千人近い将兵をつぎ込むことになる。宗季の願いは、一隻でも多くの船と一人でも多くの将兵を、無事に十三湊に連れ帰ることである。

しばらくすると安倍貞時がやってきた。宗季は貞時のために床机を用意させ、作戦の詳細について語り始めた。

「広季には高麗の港の攻撃を、常世と義久には対馬の住人の救出を命じてある。この二つの作戦は隠密裏に行われなければならない。元水軍と言っても、もとは高麗水軍と南宋水軍である。この両者とも我が安東水軍のことをよく知っている。特に高麗水軍は、貞時も知っての通り我が国の水軍について詳しい。九州の松浦、瀬戸内の塩飽、村上、津軽の安東あたりが主力となると思い、監視の目を光らせているだろう。安東水軍も対馬海域では、高麗水軍に行動を監視される。広季と常世の船団の動きが高麗水軍に察知されると危険である。二人には、小浜港から直接、高麗と対馬に向かうように命じてある。貞時には一軍を率いて博多沖に向かってもらいたい。余は残された船団を率いて赤間関で村上水軍への積荷を降ろした後、対馬沖で常世の船団と合流する。貞時には、できるだけ高麗水軍を引きつけておいてもらいたい。作戦の成否は、それにかかっている」

貞時は多少不満を抱いていた。作戦の主役は広季と若い常世で、安東水軍一の剛の者と言われる自分は脇役ではないか。宗季は続けた。

「高麗水軍と多少の小競り合いはよいが、本格的な戦闘は行わないように。それと対馬の住人を救出する上陸部隊に、そなたの娘婿の小次郎を加えてある。小次郎の初陣がうまくいくかどうかは、そなた次第である」

貞時は、はっとした。宗季の言葉は、貞時が高麗水軍を引き付けることができず、救出作戦が敵に知られるようなことになれば、小次郎の命はないと言っているようなものだ。対馬沖の海域には、かなりの数の、高麗水軍の偵察船がいる。安東水軍の半数近い船団を率いて、対馬沖を横切り博多沖に向かえば、高麗水軍の偵察船の知るところとなり、高麗水軍が我が船団を追尾することになる。高麗水軍が一番恐れているのは、博多湾に集結する元の上陸部隊が攻撃されることである。元の上陸部隊には、かなりの数の蒙古兵が主力として参加している。その上陸部隊が襲われるようなことになれば、高麗水軍は、蒙古兵の怒りを買うことになる。その挙句に、高麗水軍は役に立たないと、フビライに報告されるかも知れない。それを恐れて高麗水軍は、必死に我が船団を攻撃してくるだろう。そのとき、高麗水軍にとって対馬沖は手薄となる。小次郎の上陸作戦も広季様の高麗攻撃もきっとうまくいく。すべての作戦が連動していて、己の行動が作戦の成否を決めることを思い知らされた。

話が終わると、宗季は立ち上がり、太刀を両手で杖のように押さえ、船の進行方向を見つめた。なにか物思いに耽っている様子である。その宗季の後ろ姿を見つめながら、貞時は考えこんだ。

宗季がおとなしいという理由で、その指揮能力を疑う者も多い。宗季が少年のころ、その機知に富んだ行動を、厨川で討ち死にした安倍貞任の再来ではないかと噂されたことがある。それが年とともに、書を読むだけのおとなしい性格となってしまった。安東宗家の後継者問題が起きた時、宗季を後継者にと言う者は少なかった。貞時自身も、宗季を後継者にすることには反対であった。ただ、秋田土崎の領主秋田広季だけが、宗季を後継者に推していた。評定の席上、広季が、宗季様なくして安東一族の将来はないとまで言い切った。広季は一軍の将として、安東一族の中ではもっとも人望が厚い。評定に出席したほとんどの者が宗季を後継者にすることには反対であった。もっと剛の者を後継者にすべきだと言う声が多い中で、評定は広季に押し切られるような形で、宗季を後継者に決めている。貞時自身、今度の戦で宗季の指揮のもとで戦うことには、一抹の不安を感じていた。それが宗季の話を聞いているうちに、すべての不安が払拭される思いがした。

御屋形様には、すべてのことが見えている。戦場のこと、元や高麗のこと、それに敵軍の動きまでが。その上で作戦を立てられている。貞時は畏敬の念に駆られ、床机を外して宗季の後ろ姿に平伏した。貞時は心の中で呟いた。

（宗季様、この貞時、安東水軍の将として、ようやく棟梁を得ることができました）

貞時の目から大粒の涙が流れた。この様子を見張りの兵が不思議そうな顔をして見ていた。やがて貞時は何事もなかったかのように見張り台を下りていった。宗季はずっと海を見つめたままであった。

船団は五日後に小浜水軍の警戒水域に入った。宗季は小浜港沖で広季と貞時、義久に船団の編成替えを命じた。編成替えが終了すると小浜水軍の軍船が近づき、百隻近い船団が一度に港に入るのは無理なので、水などの補給は何度かに分けてほしいと言ってきた。宗季は広季の船団と常世の船団に、先に水などの補給を行わせ、補給が終わり次第、高麗と対馬に向けて、作戦行動を開始させることにした。広季と常世、義久の作戦行動については、安東水軍の中でも極秘にされ、数人の者しか知らない。宗季は小舟で、広季や常世の船団と共に小浜港に入った。

港に、十隻の村上水軍の軍船が停泊していた。その船将の一人が宗季に拝謁したい旨を、佐々木義久を通じて言ってきた。宗季は小浜水軍の館を借りるつもりでいたが、館の主人が赤間関付近の警備に就いていて留守であった。小浜水軍ではぜひにと言ってくれたが、主人が留守にしている館に入るわけにいかず、宗季は港の近くの船宿を借りて横になった。宗季には、土崎港を出航してから久しぶりの陸の上である。疲れが出たせいか、いつの間にか夢うつつになっていた。遠くに岩木山が霞んで見え、鳥の鳴き声が聞こえた。誰かが自分を呼んでいる。

「御屋形様、御屋形様」

その声がだんだん大きくなって宗季は目を覚ました。目の前には、宗季を呼ぶ小次郎の姿があった。小次郎が、

「村上水軍の船将の」

と言ったとき、宗季は、

「あい分かった」と答え、小次郎に問い返した。「小次郎、まだ行かなくてよいのか」

「はい、別の船宿に皆様が集まっておりますので、すぐに参ります」

小次郎は宗季に別れを告げて船宿を後にした。やがて小姓に案内された村上水軍の船将が、軍装のまま部屋に入って来て宗季の前に進み出て平伏した。

「安東の御屋形様には、ご尊顔うるわしく恐悦至極に存じます」

と挨拶を始めた時、宗季がそれを遮り、

「二左衛門殿、堅苦しい挨拶は抜きにせよ」

と言った。そこには村上水軍の中で見覚えのある丸子二左衛門の顔があった。

「手前主人が申しますには、この月の三日、合浦の港を出航し、巨済島に集結していた元の船団が、博多への通り道に当たる対馬と壱岐に攻撃を開始したとのことでございます。村上水軍の火箭や石弓のみにては、元の水軍に抗し難く、一刻も早く安東水軍の燃える水を譲り受けるようにとのことで、この小浜にて、お待ち申しておりました」

二左衛門の話が終わると同時に宗季が、

「二左衛門殿、話は解った。今、我が船団が水と食糧の補給を始めたところだ。これがひと区切りついたら、燃える水を積んだ荷駄船を入港させるゆえ、二左衛門殿には好きなだけ燃える水をお持ちいただき、残った分については、この宗季、責任をもって赤間関に届けるのでご安心なされ」

宗季の言葉に感激したのか、二左衛門は震える声で答えた。

「有難き幸せにございます」

作戦海域へ

小次郎は、義久と常世、それに作戦に参加する船将と船手頭が集まっている船宿に向かった。その船宿で救出作戦の打ち合わせが行われることになっていた。港には、村上、安東、小浜水軍の船が停泊し、付近を小浜水軍の兵が警戒をしていて、重苦しい雰囲気が漂っていた。小次郎は、この港が戦場に近いことを感じていた。船宿には二十人ほど集まって小次郎を待っていた。小次郎は、遅れて来たことを皆に詫びると、常世が小次郎に尋ねた。

「小次郎殿、御屋形様に何か急ぎの用でもございましたか」

「いいえ、急ぎの用事ということではござりませぬが、村上水軍の丸子二左衛門様が見えられて、取次ぎを致しておりました」

小次郎の答えに、義久が、

「ほう、村上水軍の丸子二左衛門殿がのう、して小次郎、丸子二左衛門殿は御屋形様に何の用で参られたのだ」

「手前は取次ぎをした後、すぐに宿を出て参りましたので仔細は解りませぬ」

小次郎は困ったような顔をした。義久は何か考え込んでいる様子であったが、

「丸子二左衛門殿は、ただの船将ではない。村上水軍全軍の指揮を執ることもある。その二左衛門殿が御屋形様に目通りを願い出るとはただ事ではない。この港で村上水軍の船を見かけた時から、何かあるとは思っていたが」

義久がそこまで言った時、常世が口を挟んだ。

「義久様、村上水軍は元軍の急な進出に対応できず、安東水軍に援軍を求めてきたか、または、戦の準備のために、燃える水を早く引き渡して欲しいと言ってきたか、そのどちらかではありませぬか。ただ、我々の作戦とは直接関係なさそうなので、打ち合わせを始めませぬか」

常世は若いに似合わず、冷静な男である。それに頭の回転も速い。将来の安東水軍を背負って立つ一人だと言われている。義久にはそれが分かるような気がした。義久は、戦場が近づくと何にでも気をまわす、己の性格がおかしかった。

小次郎が席に着くと打ち合わせが始まった。戦の経験が豊富な義久が中心である。義久が作戦の概要について話し出した時、常世がいきなり話を遮った。

「義久様、これから先、救出作戦が完了するまで、この常世と宇曽利の船団は、義久様の

指揮のもとに動きます。何なりとお命じ下され」

常世はなぜ宗季が、救出作戦に佐々木義久を加えたか理解できた。常世には戦場での経験がほとんどない。初陣といってもよいほどである。一方、義久は戦場で成長したような男である。兵の駆引きにおいては、右に出る者がないと言われている。その義久と共に行動するということは、戦場でのことは義久から学べということであり、その指揮下に入ることである。常世は宗季の意図とするところを汲み取っていた。

義久は多少戸惑っていた。義久と常世では身分が違う。義久は安東丸の船将とはいっても、一船将にすぎないが、それに比べ常世は若いといっても、宇曽利の領主である。その常世が義久の指揮下に入るのは、恐れ多いことである。常世は義久の戸惑いの表情を見て、

「これは御屋形様のお考えなのです」

と付け加えた。義久は常世という若者が好きになった。義久は打ち合わせの冒頭、自分の思いを述べた。

「この義久が思うに、元軍に追われ、山に逃げ込んだ対馬の住人は、恐怖におののいていることだろう。ある者は親兄弟を殺され、ある者は夫を殺され、逃走時には、着の身着の儘で、食物もほとんど持ち合わせていないだろう。生きる望みを失った者がいるかも知れない。その者達が、我々の呼び掛けに、容易に出てくるだろうか。対馬出身の兵が道案内

することになっているが、それとても逃げ隠れしている者にとっては、元軍の手先となって、自分達を捕まえにきたと思うだろう。対馬の住人を助け出すことは、敵の大将首を取るより難しいかも知れない。また、我らが助け出そうとしている住人以外に、多くの対馬の住人が元軍に連れ去られているだろう。元軍はそれらの住人を、船縁の柱に縛り付けて攻め寄せてくる。それに弓矢を放つことは、対馬の住人を殺すことになる」

義久がそこまで話した時、「そんな卑怯な」という声があちこちで起こった。皆を代表するような形で常世が義久に尋ねた。

「義久様、土崎の評定で貞時様が申されておりましたが、元軍はまことにそのような卑怯なことをするのでございますか」

「元軍にとって卑怯という言葉はない。戦人か否かにかかわらず、捕らえた者に残虐な行為を働く。文永の戦の時には、捕らえた対馬の住人を生きたまま、船縁に釘で打ちつけて攻め寄せてきた。あの光景はこの義久、見るに耐えなかった」

義久の目には涙が溢れていた。一座は静まり返り、中には義久と同じように、目に涙を浮かべている者もいた。後の者は元軍に対する怒りを露《あらわ》にしていた。義久はさらに続けた。

「これは御屋形様のご命令である。元軍との戦闘中に蒙古兵を捕らえることができたら、殺さずに軍船の船牢に閉じ込めておくこと。次の戦で、その者達を船縁の柱に縛り付けて、敵からの矢避けに使う。高麗兵、宋兵、蒙古兵の中で、捕らえるのは、蒙古兵だけでよい」

小次郎が尋ねた。

「義久様、もし間違えて高麗や宋の兵を捕らえたら如何いたしましょうか。船縁の柱に縛り付けるのは、その者達でもよいではありませぬか。それに、蒙古兵を捕らえることができなかったら、どうするのですか」

「小次郎、高麗や宋の兵を船縁の柱に縛り付けて、戦に臨んでも、それらの者は矢避けどころか弓矢の的になってしまう。それと、高麗や宋の兵に蒙古兵の軍装をさせて、船縁の柱に縛り付けても、その者達はもがき、顔も恐怖心でゆがみ、遠目に見ても蒙古兵でないと分かってしまう。蒙古兵は鎌倉武士と同様に死を恐れない。船縁の柱に縛り付けられても、身動き一つ、瞬き一つしない。もし蒙古兵を捕らえられなければ、船縁の柱に縛り付けられる役を小次郎と皆にやってもらおうか。小次郎には蒙古の王子の役が似合いそうだ」

小次郎は、義久が何を言っているのかよく分からなかったが、常世には全てが理解できた。

打ち合わせが長引き、夕暮れが迫っていたが、救出作戦における個々の役割が決まらなかった。多くの者が、対馬の住人を捜索する上陸部隊に志願したためである。もはや、誰も救出作戦の意義について疑わなかった。半時ほど前に宇曽利丸の使いの者が、水と食糧の積込みが終わったことを知らせてきた。出航の時が迫っていた。常世が救出作戦の個々の役割について、義久に一任することを申し出ると、一同の者はそれに同意をした。義久の頭の中で、個々の役割は決まっていたらしく、一同の者それぞれにてきぱきと指示を与えた。

打ち合わせが終わると、一同は連れ立って船宿を出て、港に向かった。港は補給物資を運ぶ人の群れでごった返していた。義久、常世、小次郎の三人は桟橋に向かって歩いた。桟橋が近づいた時、三人は立ち止まってお互いの顔を見合わせた。そこに停泊しているはずの広季の船団が見当たらなかった。義久はぽつりと呟いた。

「広季様は、われらの後詰めを務めて下さると思っていたが」

義久は多少不安になっていた。宇曽利の五隻の軍船だけでは、元の水軍に遭遇した時に対応のしようがない。義久は小次郎に尋ねた。

「小次郎、そなたは御屋形様のお側に仕える身、御屋形様と広季様が話されている時、お側にいたのではないか」

「義久様、御屋形様は広季様が参られた時、私を遠ざけられ、お二人だけで話されておりました。話の内容については、分かりませぬ」

義久は考え込んでしまった。広季様の船団は急ぎこの小浜港を出航してどこに向かったのだろう。御屋形様は広季様に何をお命じになったのだろうか。我らに隠さなければならないこととは何事だろう。常世は義久の怪訝そうな顔を見て、快活に言った。

「義久様、我らだけで救出作戦をやり遂げましょう。それを御屋形様が、一番お喜びになりますから」

常世の言葉に義久は気をとり直した。三人はそれぞれの船に乗り込み、船団は小浜港を出航した。

一方、広季の船団は義久達の船団より半時ほど前に小浜港を出航し、日本海を高麗に向け航行していた。夜の闇が船団を包み込もうとしている。広季は船団の指揮船である出羽丸船上で先刻の軍議について思い返していた。広季は軍議を秘密裏に行うために船宿をとらず、補給物資の積込み中、出羽丸の船室で行うことにして、軍議中は誰も船室に近づかないように、見張りの兵を立たせた。船室には大きな食台とそれを囲むように長椅子が備え付けられていた。広季が船室に入ると、長椅子に腰を降ろしていた船将と船手頭が一斉に立ち上がり広季に頭を下げた。軍議は薄暗い灯火の下で進行した。

広季が奇襲作戦の概要を説明し終わった時、船将らは驚いた様子であった。船将の一人が立ち上がって広季に質問したが、その顔には何か戸惑いの表情が窺えた。

「広季様、高麗水軍の警戒水域をどのように突破して高麗に向かうのですか。軍船が、かなりの数警戒に就いていると思われますが」

船将らは広季の話を聞いた時から、奇襲は不可能だと思っていた。広季には船将達の思いがよく分かったが、宗季の意とするところを、どのように船将達に伝えるか考えていた。

義久の上陸部隊が救出作戦を開始するのが、月明かりのない新月の夜と決められている。それに呼応して、高麗の港への奇襲攻撃を開始せねばならない。それが成功するか否かは、博多沖に向かう貞時の船団が高麗の水軍を引き付けられるかどうかにかかっている。すべての作戦が連動していて、どの作戦も失敗は許されない。最初、貞時の船団が博多沖に向かう。五十隻もの船団が戦闘態勢のまま博多沖に向かえば、高麗水軍の偵察船の知るところとなり、これを安東水軍の主力と見るだろう。高麗水軍は一定の間隔で偵察船を配置している。次から次へ上げられる狼煙は、安東水軍来るの知らせを、瞬く間に対馬沖の本隊に伝える。高麗水軍は、村上水軍と安東水軍が、高麗、対馬、博多の、どの海域に進出してきても迎え撃てるように、対馬沖に集結している。その二百隻を超える船団が貞時の船団を追うことになる。その時には、高麗沖や対馬沖から高麗水軍の姿が消える。高麗の港への攻撃も、貞時の博多沖進出も、義久達の救出作戦を成功させるための陽動作戦である。広季は意を決すると、極秘にされていた三つの作戦が連動して行われることを船将達に話した。船将達の間にどよめきが起こった。広季はその様子を見て、

「これから話すことは、御屋形様がこの広季に話された言葉である。皆心して聞くように」と前置きをして語り始めた。

「安東水軍が軍船を造り、兵を鍛えてきたのは何の為であるか、今この国は未曾有の危機を迎えようとしている。その中で対馬や壱岐の住人は苦難の矢面に立たされている。対馬や壱岐の住人を助けえずして何の為の水軍か、安東水軍の将兵は命を惜しむより名を惜しめ」

宗季が広季に話したというこの言葉を聞き、船将達は静まり返った。船将達は何が大事なことなのかを悟ったのである。もうどの船将の顔にも戸惑いはなかった。広季は船団を三つに分け、高麗の六ヵ所の港を攻撃することにして、その役割分担を決め、軍議を終えた。広季は水と食糧の補給が終わったことを確認すると、その麾下の船団を出航させた。広季は宗季に別れを告げずに出航したことを心の中で詫びていた。

貞時は船団の指揮船である岩木丸船上で、広季の船団と義久の船団が、次々に小浜港を出航して行くのを眺めていた。貞時は船団を二つに分けて、水と食糧の補給を行う手はずを整えていたが、宗季から荷駄船の積荷を先に降ろすので、小浜港への入港を今暫く待つようにとの命令が届いていた。

義久の船団が出航するのと入れ替わりに、燃える水を積んだ荷駄船が小浜港に入った。貞時は入港したのが、燃える水を積んだ荷駄船であることを知った時、多少焦りを感じていた。燃える水の荷降ろしは、慎重に行うために時間を要する。五隻の燃える水を積んだ荷駄船が荷降ろしをするとなると、その作業を終えるのは夜半を過ぎる。それから貞時の船団に水と食糧を補給するとなると、出航は朝になってしまう。貞時はなぜ燃える水を小浜港に降ろすことを、宗季が命じたのか、不思議に思っていた。貞時は船首の見張り台に上り、床机に腰を下ろして港を見つめた。港には灯火がともり、ところどころにかがり火が焚かれ、闇の中に浮かんでいるように見えた。貞時は宗季から命じられた作戦について考えてみた。

己の船団が、高麗水軍の偵察船に発見されるのは、容易《たやす》いことである。また、高麗水軍の船団に追尾されるのも容易いことである。ただ、博多沖まで進出するとなると非常に危険を伴う。博多湾には、元軍の上陸部隊を護衛する高麗水軍の船団が停泊している。おそらく百隻は下らないだろう。対馬沖から追尾してくる二百隻近い高麗水軍の船団と博多湾に停泊している百隻近い船団に挟み撃ちにされる恐れがある。対馬沖の高麗水軍の船団を博多湾沖まで引き付けるのは容易だが、どうすれば、敵に気付かれずに五十隻もの船団が博多湾沖の海域から脱出できるのか、いくら考えても貞時には考え付かなかった。

航海の疲れが出たせいか、眠気が襲ってきた。貞時は仮眠をとるために船室に下りていき、寝床に横になった。

どれくらい眠ったのだろう。貞時は見張りの兵の呼ぶ声に起こされた。兵の報告によると、先刻、村上水軍の軍船が十隻、港を出ていったという。貞時には宗季がなぜ燃える水の荷降ろしを急がせたのかようやく分かった。村上水軍が赤間関での荷降ろしを待てずに、小浜港まで燃える水を引き取りに来たのは、風雲急を告げている証拠である。貞時は船団の小浜港への入港を急がせ、自らも小舟で港に向かった。貞時が岩木丸で直接港に向かわなかったのは、指揮船である岩木丸は、最後に補給物資を積み込むことになっていたからである。貞時は小舟を専用の船着き場に着けさせ、桟橋へと急いだ。貞時は補給物資の積込みを直接指揮するつもりでいた。積込みを急がせないと、夜明けに出航できなくなる。もうすでに、広季、義久、常世、小次郎らは小浜港を出航し、作戦海域に向かっている。

一刻の猶予もならなかった。貞時は走り出した。桟橋には、貞時の船団の何隻かが、すでに横付けされていた。港の中央辺りに、燃える水を下ろして空になった荷駄船が五隻、錨を下ろしているのが見えた。貞時は荷駄船を見て閃いた。博多湾沖で敵に包囲された時、その包囲網を脱出できるかも知れない。そこには、もう悩みの顔はなかった。

貞時は桟橋に着くとすぐ、荷駄船の五人の船手頭を呼び出した。貞時は五人の船手頭に貞時の船団に加わること、朝までに、できるだけ多く灯火をともす容器を集めること、さらに灯火の芯の太さ、細さ、その数の割合、芯の長さに至るまで、こと細かに指示をした。船手頭達は怪訝そうな顔をしていたが、貞時の命令には逆らえない。船手頭達は配下の者に命じて、懇意にしている小浜の商家などから、灯火をともす容器を集めることにした。貞時が直接補給物資の積込みを指揮していることを聞き、貞時配下の船将らが集まってきて、積込みの指揮を手伝った。

この季節の夜明けは早い。それでも東の空が白み始める頃には、すべての船に補給物資の積込みを終えていた。港には、小浜の商家の者達や、安東水軍が毎年寄進を続けている寺の者達が集まって炊き出しをしていた。積込み作業を終えた人夫、安東の将兵、港にいるすべての人が、炊き出しの握り飯をほおばった。貞時は握り飯を口にほおばった時、体の中を何か熱いものが走るのを感じた。この国の存亡を賭け、戦場に向かう安東の将兵を、このような形で送ってくれるには、おそらく商家の者も、寺の者も、昨夜は一睡もしなかったことだろう。もしかすると、小浜中の人は、昨夜は誰も寝ていないのかも知れない。小浜水軍から酒が届けられた。港にいるすべての人が、その酒を飲み安東水軍の出陣を祝ってくれた。貞時は元軍と戦うのは、自分達だけでないことを感じていた。

荷駄船の船手頭の一人が走ってきて、三百ほどの灯火の容器が用意できたこと、また、それを荷駄船に積み終えたことを伝えた。貞時は思わずにんまりとした。その時、軍装の宗季が、十人ほどの近習を従えてやってきた。貞時と安東水軍の将兵が片膝を付いて宗季を出迎えた。小浜水軍の将兵もこれに見習おうとした。

「そのまま、そのまま」

と宗季はそれを制した。宗季は、商家の者達と寺の者達の方を見て、深々と頭を下げ、

「これはお手数をおかけ申した。ところで、この炊き出しの握り飯、宗季にも馳走しては下さらぬか」

と言って、手を伸ばし、握り飯を一つ口にほおばった。宗季には、塩をつけただけの握り飯が何よりも美味く感じられた。小浜の人々の心がこもっていたせいかも知れない。

「この炊き出しの握り飯と酒は、安東水軍の出陣に何よりの馳走である。この宗季、全将兵に代わって礼を申す。それと、元軍に勝利して、必ずこの小浜に帰ってくることを約束する」

宗季の言葉に、小浜の人々の間から拍手と歓声が沸き起こった。やがて、貞時が宗季の前に進み出て、

「貞時、参ります」

と出航を伝えた。

宗季と小浜の人々が桟橋まで貞時の出航を見送った。貞時の船団が出航するのと入れ替

わりに、宗季が直接指揮する船団が補給のため港に入ってきた。指令船である安東丸は一際大きかった。小浜港へは初めての寄港である。これを見た小浜の人々は、

「三十間は優にある。まるで動く城のようだ。安東様は、この船で元の水軍を撃ち破るに違いない」

と囁き合った。宗季の船団も昼過ぎには、補給を終えて小浜港を出航した。これで、安東水軍の全てが小浜港を去り、港は静けさを取り戻した。

囮作戦

貞時の船団は、博多湾沖に向かっていた。海岸線に沿って進んだのは、赤間関近くまでは、高麗水軍に発見されたくなかったからである。途中、海岸の警備に就いていた小浜水軍と能登水軍の軍船に出会った。両軍の将兵が船上で手を振って見送ってくれた。赤間関付近までは、まだこの国の制海権であることを物語っていたが、元の寧波に集結している南宋の水軍が到着し、高麗水軍と合流した時、その制海権を維持できるかどうかは分からない。貞時は岩木丸船上で将兵を叱咤激励して船団を急がせた。赤間関が近づくと、貞時は百年ほど前に起こった源平の合戦について思いを巡らせた。

当時、安東水軍の前身である安倍水軍は、源氏とは敵対関係にあり、平家を支援して赤間関に進出していた。壇の浦の戦いである。壇の浦では最初、平家が優勢であったが、源氏につくか、平家につくか、決めかねていた村上水軍が、源氏に味方したことにより戦いが一変した。村上水軍は平家寄りだと思われていたからである。それでも昼前は、潮の流れに乗り、安倍水軍は村上水軍を追い詰めていた。安倍水軍の誰もが圧倒的勝利を信じて疑わなかった。ところが、午後になると急に潮の流れが変わり、今まで引き潮だった流れが上げ潮になり、いくら櫓を漕いでも船が進まなくなった。そのうちに、村上水軍が反転して安倍水軍に襲い掛かってきた。攻守ところを変えたのである。この戦いで安倍水軍は、壊滅的な打撃を受けている。一族の年寄りの中に、あの戦いは村上水軍に敗れたのではなく、潮の流れに敗れたのだと負け惜しみを言う者もいたが、瀬戸内海を根拠地とし、潮の流れを知り尽くした村上水軍の戦術の前に、安倍水軍は敗れたのである。源平の戦いで敵対関係にあった村上水軍と、今では互いに力を合わせて元の水軍に当たろうとしている。貞時は時の流れを感じていた。

貞時の船団は赤間関を過ぎると、直接博多湾沖に向かわず、対馬に向かった。二日船団を走らせると、そこはもう高麗水軍の警戒水域である。貞時はその水域に入ると船団の進路を変えて、ゆっくりと博多湾沖に向かった。夜になると殿軍の船から、高麗水軍の偵察船らしき船に追尾されているとの報告があった。貞時は自ら確認するために、船団の中央に位置していた岩木丸を、船団の後方に移動させた。貞時は岩木丸の船尾の見張り台から、一定の距離をおいて追尾してくる三隻ほどの船の灯火を見ていた。

朝になると追尾していた船の姿がどこにも見当たらなかった。貞時は速船を出して付近の海域を捜索させたが、高麗水軍の偵察船は発見できなかった。貞時は不安になっていた。昨夜、追尾してきた船が高麗水軍の偵察船でないとすると、我が船団は、まだ高麗水軍に発見されていないことになり、作戦全体に支障を来すことになる。貞時は、早く発見してくれと祈るような気持ちで船団の船足をさらに落とさせた。

また、夜の闇が船団を包み込んだ。貞時は各船の灯火を増やし、少しでも早く高麗水軍の偵察船に発見されるように努めた。貞時は昨夜のように、岩木丸を船団の最後尾に移動させ、船尾の見張り台から夜の海を見つめていた。貞時が船尾の見張り台に上って一時ほど経た頃、見張りの兵が叫んだ。

「貞時様、左舷後方に船の灯火が見えます」

貞時はその方向に目をやった。かすかに波間に明かりが見える。曇っていて星は見えない。星明りではなさそうである。明かりが船の灯火であることが分かるまで、あまり時間はかからなかった。その明かりが見る見るうちに、船団に近づいて来て、一定の距離をおいて船団を追尾し始めたからである。灯火の数から見て船の数は十隻を超えている。貞時は船足を速めた。それに合わせるように、追尾の船足が速くなった。貞時はそれが高麗水軍の偵察船であることを確信した。ただ、不思議なことに、朝になると船は視界から消えていた。次の夜には、船団は二十隻近い船に追尾されている。貞時の船団が追尾され始めてから四日目の朝を迎え、目の前には博多湾の入り口である志賀島が見えていた。

貞時は船団を停止させた。偵察船は、もはや朝になっても姿を消すことはなかった。一定の距離をおいて、貞時の船団を監視している。貞時の船団は博多湾突入の態勢をとり、戦闘準備を始めた。船上では兵が慌ただしく動き、火箭や投石器がすぐ発射できるように用意されている。高麗水軍の偵察船からもこの様子がよく分かった。高麗水軍の偵察船は、安東水軍が博多湾に突入するのは明朝と見ていた。安東水軍は高麗水軍の偵察船を振り切ろうとして、振り切れなかった。志賀島沖には、今着いたばかりである。博多湾の元軍に対する偵察活動は行っていない。安東水軍が攻撃目標としているのは、蒙古兵を乗せた輸送船である。輸送船が攻撃され、多くの蒙古兵が死ぬようなことになれば、蒙古兵の怒りは高麗水軍に向けられる。博多湾の警備についている高麗水軍の無能さを詰《なじ》り、今は蒙古兵の軍監が付いているとはいっても、実質、高麗人が指揮を執っている高麗水軍の指揮権を取り上げ、蒙古兵が直接、高麗水軍の指揮を執るかも知れない。海を知らない蒙古兵が高麗水軍の指揮を執るようなことになれば、それこそ安東水軍の思う壺である。

今夜は新月である。安東水軍はその闇に紛れて、博多湾への偵察活動を行い、蒙古兵を乗せた輸送船の位置を確認するだろう。高麗水軍の偵察船から博多湾に停泊する高麗水軍に、今夜、安東水軍の偵察船が博多湾に進入して偵察活動を行うが、これを攻撃してはならないこと、また、明朝には博多湾を封鎖して安東水軍を迎え撃つことの二点が伝えられた。貞時の船団と高麗水軍の偵察船は対峙したまま夜を迎えた。

その夜、夥しい数の船の灯火が、高麗水軍の偵察船の後方から近づいて来た。それは高麗水軍の主力部隊の到着を意味していた。高麗水軍の主力部隊は、貞時の船団と一定の距離を保つような隊形で偵察船を中心に左右に展開してその動きを停止させた。貞時は岩木丸船上で高麗水軍の動きを見ていたが、夥しい船の灯火の数から軍船は二百隻を超えると読んでいた。これだけの数の軍船がこの海域に集結したということは、高麗沖や対馬沖は手薄になっていることを物語っていた。貞時は、広季と義久の作戦が成功することを祈った。

貞時の後の仕事は五十隻の船団を無事、宗季に送り届けることである。貞時はその作業に取り掛かった。二百隻を超える高麗水軍の船団が貞時の船団を監視していた。高麗水軍がすぐ攻撃を開始しなかったのは、夜間の戦闘は非常に危険を伴うからである。敵味方が入り乱れた時、船の灯火だけでは敵味方の区別がつきにくく、誤って火箭や投石器で味方の船を攻撃したり、味方の船同士が衝突したりして、敵の攻撃による被害よりも、その被害の方が大きいことがある。数の多さがえてして損害を拡大するものである。高麗水軍は安東水軍に対する総攻撃を夜明けと決めていた。やがて安東水軍の数隻の船が博多湾に向かって移動しているのが、灯火の動きで分かった。高麗水軍にとって、安東水軍の博多湾への偵察活動は予定の行動である。その後、安東水軍に動きはなかった。船の灯火がそれを物語っていた。ただ、高麗水軍にとって不思議だったのは、博多湾に向かった安東水軍の偵察船が朝になっても戻らなかったことである。博多湾に停泊中の味方の船には、安東水軍の偵察船を攻撃してはならぬと連絡しておいたが、何か手違いでもあったのだろう。高麗水軍は安東水軍と対峙したまま夜明けを迎えた。

夜明けと同時に、高麗水軍の指令船から狼煙が上げられ、総攻撃が開始された。高麗水軍は安東水軍を包み込むように、鶴翼の陣形のまま進んだ。高麗水軍の誰もが、勝利を確信していた。その確信が驚きに変わるのに時間はかからなかった。そこにあるべき安東水軍の、五十隻を超える船団が消えていたのである。安東水軍の船団が消えた波間には、五隻の空の荷駄船と二十隻の小舟が一定の距離をおいて漂っていた。荷駄船には、数多くの柱が立てられ、柱のすべてに灯火の容器がくくり付けられていた。小舟にも同じように、幾つかの柱が立てられ、灯火の容器がくくり付けられていた。驚いたことに、その灯火のすべてが、まだともっていた。ともっている灯火の炎の大きさが、それぞれ違っていて、夜、遠目には、五十隻もの船団がそこに留まっているように見えたのだ。高麗水軍の二百隻を超える船団が一晩中、空の荷駄船と小舟を監視していたことになる。

高麗水軍はただちに安東水軍の捜索を開始した。博多湾に停泊中の味方の船から、昨夜、安東水軍は博多湾での偵察活動を、行わなかったようであるという知らせが届いていた。高麗水軍の将兵は考えた。月明かりのない夜、五十隻を超える船団が灯火をともさず移動するのは不可能である。ただ、灯火をともした水先案内の船でもいれば別である。昨夜、安東水軍に動きはなかった。偵察船らしき船が移動するのを除いては。そこまで思い出したとき、高麗水軍の将兵は、偵察船らしき船が、水先案内を務めたことを知った。昨夜、灯火をともしたまま移動したのは、その数隻の船だけだったからである。高麗水軍は数日間その海域に留まり、安東水軍の捜索活動を続けたが発見できなかった。

高麗水軍を震撼させる知らせが、高麗の港からもたらされたのは、高麗水軍が安東水軍を見失ってから四日後のことであった。高麗の港からの速船が、博多湾沖に停泊中の高麗水軍の指令船に、新月の夜、百隻近い日本水軍の船団が高麗の各港を襲い、停泊中の荷駄船と補給物資の倉庫を炎上させたことを伝えてきた。

高麗水軍は指令船に指揮官を集め、軍議を行った。指揮官達の考えは、日本の水軍は自国の港や沿岸の警備に追われており、百隻もの遠征軍を送る力がないのと、襲ったとしても、跳ね返りの少数部隊であろうということで一致した。おそらく、港の警備兵が、自分達の警備の責任を追及されるのを恐れて、誇張して言ってきたのではないかと思ったが、誰も声に出して言う者はいなかった。万が一ということを考えたからである。万が一、高麗の港が日本軍に占領されるようなことになれば補給が途絶えて、元軍は戦いができなくなる。その責任を蒙古兵は、高麗水軍に押しつけ、世祖フビライに、その旨報告するだろう。そうなると、世祖フビライが、高麗にどんな無理難題を押し付けるか分からない。高麗水軍は、日本の水軍だけではなく、蒙古兵にも気を遣わなければならなかった。

軍議は船団を二つに分け、一団を高麗の港の警備のために、他の一団を安東水軍の捜索に使うことに決めた。百隻を超える船団が博多湾沖を去り高麗に急行した。この時期、寧波に集結した南宋の水軍は、まだ出航していない。高麗水軍にとって、安東水軍の動きがつかめない以上、安東水軍の博多湾突入という不測の事態に備えて百隻を超える船団を博多湾沖に待機させるより他なかった。高麗水軍の指揮官達は考えていた。なぜ安東水軍は直接博多湾沖に向かわずに、最初、対馬沖に現れたのだろうか。偵察船の報告によると、安東水軍の船団を発見した時、船足も遅く、波間にのんびりと漂っているような感じであったが、高麗水軍の偵察船に発見されたと知るや、方向を変え、偵察船を振り切るように船足を速め、博多湾沖に向かったという。安東水軍の動きは最初から何か不自然であった。考えてみると、高麗の港への攻撃を成功させるために、高麗水軍の主力部隊を誘い出し、博多湾沖に足止めするのがその役割だったのではないか。そうだとすれば、安東水軍はもはや、この海域にはいないことになる。安東水軍の博多湾突入に備えて、博多湾沖に待機するのは無駄なことではないか。ただ、高麗水軍にとって、南宋の水軍が到着していない今、海上で起こるすべてのことが高麗水軍の責任となる。

高麗奇襲

広季の船団は新月の六日前に、高麗沖に到着した。広季は五日間かけて、攻撃する港の偵察を、二隻の速船に行わせることにしていたが、速船の船手頭から、小浜港で速船に火箭と投石器の装備を施したため、船足が遅くなったとの報告があり、軍船から人数を割いて、速船の漕ぎ手を一隻に付き四人増やした。二隻の速船の偵察活動だけでは時間がかかり、攻撃の新月の夜まで六日あるといっても、足りないくらいである。最初の日、速船は海岸の偵察活動を行っていたが、軍船の船影を発見できなかった。広季の懸念は、かなりの数の軍船が補給のために港に戻ってきて停泊しているか、港の警備のために、軍船が常駐していることである。そうだとすれば、作戦の成功は覚束ない。

次の日、広季は祈るような思いで、速船の帰りを待っていた。帰ってきたのは、夜明け近くになってからである。広季は出羽丸船上で二人の船手頭から報告を聞いていた。昨夜は二隻の速船とも、元軍が出港した合浦の港の偵察を行っていた。速船の船手頭の話では、港は荷駄船に補給物資を積み込むために、至る所にかがり火が焚かれて、昼のように明るかったが、夜半を過ぎると、かがり火は一つだけを残し、後は消されて港は眠りに就いた。

速船が港に侵入すると、港に補給物資を積み終えた荷駄船が三十隻停泊しており、桟橋には、空の荷駄船が五隻横付けされていた。速船の船手頭は、荷駄船の喫水線の位置から積荷の有無を確認した。港には、補給物資を貯蔵していると思われる倉庫が三十棟ほど建ち並び、時折、警備兵が巡回をして明かりを絶やさぬよう、かがり火に薪を運んだり、異常の有無を確かめたりしていた。ただ、港のどこを探しても軍船の船影を見つけることはできなかった。広季は船手頭の報告で、高麗水軍は海上で補給を行うことを知った。ただ、海上といっても玄界灘は波が荒い。実際に補給を行うのは、対馬の湾内か、博多湾内であることは容易に想像できた。広季は合浦を攻撃する港の一つと決め、次の港の偵察を続けさせた。広季の船団は、攻撃目標としていた六ヵ所の港の偵察活動をすべて終え、新月の夜を迎えた。

広季は、自ら四隻の軍船を率いて合浦の港に向かい、港がよく見える地点まで来ると、四隻の軍船を停止させ、港が寝静まるのを待った。夜半を過ぎると、ほとんどのかがり火が消され、港は眠りに就いた。速船の報告の通りである。広季は四隻の軍船を港に突入させた。広季は文永の戦以前に、何度か合浦の港を訪れたことがあるが、その時とは様変わりして、倉庫の数と桟橋の数が多くなっていた。広季は四隻の軍船を桟橋近くまで近づけて、倉庫に向けて火箭と火炎玉を放った。動いている軍船とは違い、火箭と火炎玉はよく倉庫に命中した。火炎玉が倉庫に命中すると、炎が四方に飛び散った。火炎玉は燃える水をたっぷりと染み込ませてあるので、目標に命中すると、その威力は火箭の比ではなかった。幾棟かの倉庫が炎に包まれた時、兵舎と思われる建物から警備兵が飛び出してきて、広季の軍船に向けて弓矢を放った。広季は四隻の軍船を弓矢の射程外まで退避させ荷駄船への攻撃を行った。三十隻ほどの荷駄船は、瞬く間に炎に包まれ、荷駄船の燃える炎と、倉庫の燃える炎で、港は真昼のように明るくなった。港の警備兵が数人、桟橋まで走ってきて弓矢を放った。中には火矢を放つ者までいた。それらの矢は、広季の軍船まで届かず、空しく海面に落ちた。広季は一時ほど攻撃を続けたが、港の警備兵が、小舟で漕ぎ出してきたのを潮時と見て、麾下の軍船に退却の合図を送った。その時、炎上中の倉庫が大音響とともに爆発した。どうやら火薬や鉄炮の貯蔵庫に炎が移ったようである。破片が広季の軍船の近くまで飛んできた。広季は急ぎ港を脱出して次の攻撃目標に向かった。

合浦の港からさほど離れていない港である。この港は遠征軍を送り出すために急遽造られ、さほどの設備はない。停泊中の五隻の荷駄船と港の二棟の倉庫を炎上させ、半時ほどで攻撃を終えた。この港は攻撃するだけの戦略的価値はないが、高麗の数ヵ所の港を攻撃したという、戦果が欲しかったのである。高麗水軍は、数ヵ所の港が同時に攻撃されたことで、かなりの数の、日本軍の船団が動いたと思うだろう。広季は攻撃を終えた後、集合地点で他の攻撃部隊の帰りを待った。夕方には、すべての攻撃部隊が無事戻ってきた。広季の船団はその日のうちに、高麗の海域から姿を消した。

対馬上陸

義久と常世の船団は、新月の七日前に対馬沖に到着した。義久は速船に乗り込んでいたが、小浜港で、速船に火箭と投石器を装備して以来、速船の船足が落ちたのを感じていた。このままでは偵察活動に支障を来す。義久は常世の船団から、櫓の漕ぎ手を割いてもらうことにした。義久が速船を宇曽利丸の左舷に寄せると、宇曽利丸から縄梯子が降ろされ、義久は縄梯子を上って宇曽利丸に乗り込んだ。船上では、常世が待っていた。義久が速船の漕ぎ手を軍船から割いてくれるように頼むと、常世は快く引き受けた。

義久は、偵察に五隻の速船を使った。偵察は義久も加わり新月の前日まで毎夜行われた。その結果、高麗水軍の主力部隊は対馬の西側海域に展開していること、浅茅湾には常時五十隻ほどの軍船と荷駄船が停泊していること、また決まった時刻に十隻の軍船が対馬の東側沿岸を巡回することが分かった。また高麗水軍は夜の活動は行わなかった。ただ不思議なことに、義久が偵察を始めてから四日目の夜に、対馬の西側海域と浅茅湾から、高麗水軍の船影が消えていた。浅茅湾には、二十隻ほどの荷駄船だけが停泊していた。また、軍船による東側沿岸の巡回活動も行われなくなった。高麗水軍は大規模な作戦のために、どこかに移動したようである。

義久は上陸作戦がやりやすくなった反面、御屋形様に何かあったのではないかという不安がよぎった。義久の船団は偵察活動を終えて、新月の夜を迎えていた。義久は昨夜の偵察活動でも対馬海域に高麗水軍の船影を見つけられなかったことで、救出作戦が成功するような気がしていた。

義久が五隻の速船を一気に海岸に乗り上げると、百人ほどの兵が、一斉に海岸に下り立った。義久と小次郎も、兵と共に上陸した。義久は上陸した兵を二手に分け、五十人を海岸の警戒に当たらせ、他の五十人を対馬の住人の捜索に当たらせることにした。捜索隊は松明をかざして、林の中に入っていった。その中に小次郎の姿もあった。義久は海岸に残り、捜索隊が戻って来ても迷わぬように、海岸に乗り上げた五隻の速船の両側にかがり火を焚かせた。沖には常世の船団の灯火が見えている。速船に残った兵は、いつでも速船を漕ぎ出せるように用意をしており、中には櫓に手を掛けている者までいる。

義久が異変に気づいたのは、捜索隊が出発して半時ほど経ってからのことである。常世の船団の後方から三十隻ほどの船の灯火が迫っていた。義久は最初、広季の船団が後詰に現れたのかと考えたが、すぐにそれを打ち消した。広季の船団にしては数が多すぎる。義久は必死に考えた。高麗水軍は何のために対馬海域から姿を消したのか。高麗水軍が対馬海域から姿を消したことについて、気には掛けていたが、救出作戦が、敵に気付かれていたとしたら……。義久に恐怖心が湧いてきた。常世の船団の後方に現れたのが高麗水軍だとしたら、作戦は失敗である。異変に気付いた速船の船手頭達が、義久のもとに集まってきた。義久は速船の船手頭達に、すぐ、この場所を離れ、常世の船団に近づいている船の後方に回り込み、敵と確認したら、攻撃を仕掛け、常世の船団がこの海域から離脱するのを助けるように命じた。船手頭の、

「義久様は、どうなされますか」

との問いに、

「わしは、ここに残って小次郎達の帰りを待つ。もしここを、高麗水軍に包囲されるようなことになれば、山に籠って戦うまでよ」

と答えて、速船から水と食糧を降ろさせた。その後、海岸に残っていた五十人ほどの兵が速船を押し、速船は海岸を離れ灯火を消して闇の中に消えていった。義久が兵に命じてかがり火を消させると、海岸は再び闇に包まれた。

赤間関

宗季が赤間関に入港したのは、貞時が赤間関を通過した翌日である。荷駄船が村上水軍への積荷を降ろしている間に、宗季は安東水軍の商館である安東館に入った。赤間関は古くから、軍事、交通の要衝である。安東水軍は、赤間関の安東館に五十人ほどの人数を配して交易の拠点としていた。

その夜、宗季は赤間関の交易商人を十人ほど招いて食事を共にした。席上、宗季が、

「今この国は、未曾有の危機に瀕している。共に元と戦い、国難に立ち向かおうではありませんか」

と語ると、多分に商人達は閉口していた。ただ、赤間関のほとんどの商人が、安東水軍の国内交易や遠洋交易に便乗していて、宗季の話を聞かないわけにはいかなかった。宗季は必死だった。逃げ遅れて、対馬にとり残された人の数は、千人を超えるとも言われているが、その人々を助け出すことができても、収容する所がなければ、安東水軍は身動きが

とれなくなり、その後の作戦に支障を来すことになる。対馬の住人を助け出せたとしても、赤間関の安東館だけでは収容しきれない。なんとしても、赤間関の商人達の協力を得なければならない。しかしどの商人の顔を見ても協力してもらえそうになかった。宗季が、元軍を追い払うまでの一時的な間でよいからと言っても、首を縦に振る者はいなかった。宗季が、いくら声を大にしたところで、この国の武士が元軍を追い払えるなどとは思っていないようである。

宗季は席を立ち、自ら商人達に酒を注いで回った。商人達は、

「これは御屋形様、恐れ入ります」

と頭を下げた。

商人達は、武士とは違い中立的な考えを持っている。この国の武士が元軍に勝てるとは思っていなかった。元と戦をするには、国力が違いすぎることを彼らは知っていた。それに、鎌倉幕府の元に対する対応にも嫌気がさしていた。いずれこの国は、元に敗れることになるが、戦が終われば元は、交易のために商人を必要とする。戦で、安東水軍に協力していたことが元軍に知れるとまずいことになる。赤間関は高麗に近いので、商人達は高麗との交易を盛んに行っていて、そこから元に対する情報を得ていたが、今は高麗との交易も行われず、先細りであった。赤間関の商人達は、鎌倉幕府よりも元に期待していたのか

も知れない。宗季は商人達の心情を読み取った上で語りだした。

「今、対馬にとり残された住人は、生命の危険にさらされている。家を焼かれ、親兄弟を殺されて、生きる希望を失った者もいるだろう。これらの住人を助け出すことに、皆様方には異存はないと思う。ただ、助け出すことができても、住人を収容する場所がない。そこで、こうして皆様方にお願いしたが、皆様方は断られた。戦が終わり、元の軍勢が赤間関に上陸して来た時のことを恐れてのことだと思う。ただ、元の軍勢が上陸して来た時には、皆様方の命はないものと思っていただきたい。元軍が合浦の港を出港する前に、世祖フビライが高麗の忠烈王に送った国書について、この宗季は知っている。皆様方が知っての通り、高麗の忠烈王は世祖フビライの娘婿である。国書に書かれていたのは勝利のあかつきには、赤間関の港と、長門、周防の二ヵ国を高麗に与えるということである。なお、忠烈王の返書には、勝利の証として、赤間関の住人を血祭りに上げることが書かれていた」

　これは宗季の嘘である。宗季はここまで話して、商人達の顔色を見た。ある者は茫然とし、ある者は手にした杯を落とした。宗季は、赤間関の商人と高麗の商人との間に、戦後の約束事ができていたのではないかと思っていたが、宗季の話は、約束事ができていたとしても、それが履行されることがないことを、商人達に悟らせるのに十分であった。宗季はさらに続けた。

「助け出した対馬の住人を収容することにお力添えいただけるならば、もし、我が軍が敗れ、元軍が赤間関に迫った時には、皆様方に、十三湊にお移りいただき、そこに土地と屋敷を用意して、従来通り交易ができるように、この宗季が取り計らいましょう」

宗季の話は、赤間関の商人達を説得するのに十分であったが、商人達は即答を避けた。その夜は結論が出ずに、商人達は帰っていった。

翌朝、今度は商人達の方から安東館を訪ねてきた。宗季は朝食を摂っていたが、すぐに商人達に会わず、屋敷の広間に一時ほど待たせておいた。昨夜、商人達は帰り道、どこかで打ち合わせをして、結論を出したに違いない。そうでなければ、朝早く安東館を訪ねたりはしないだろう。宗季は広間で待っている商人達の様子を探るために、近習に茶を運ばせた。戻って来た近習の話によると、商人達は黙ったまま俯き加減にしていて、私語を発する者もなく、茶を差し出した時も、軽く会釈しただけだったという。

宗季は、商人達が持ってきた結論が吉であるか、凶であるかを考えていたが、意を決し、近習を従えて、商人達が待っている広間に足を運んだ。近習が広間の戸を開けても、商人達は誰も気付かなかった。よほど何か深く考え込んでいる様子である。宗季はおもむろに、商人達に声を掛けた。

「これは、お待たせ申した」

商人達は宗季が現れたのに気付き、

「これは、御屋形様」

と言って手をつき頭を下げた。宗季が席に着くと、商人の一人が、

「実は、御屋形様」

と切り出した。宗季はそれを遮るようにして話し始めた。

「この宗季、皆様方にお頼みしたきことができました。聞いて下さらぬか。この安東館の屋敷内に十棟の蔵があるのを、皆様方はご存知のはず。蔵には異国の交易品が納められている。この品々を皆様方に貰っていただきたい。住人を助け出しても、一時的にせよ、住人が住む場所が足りない。蔵を空にして、対馬の住人の住まいに当てようと思う。もはや、この安東館には、異国の交易品は不要である」

宗季の話を聞いて、商人達は互いに顔を見合わせた。安東館の蔵に蓄えられている交易品は、貴重な物が多く、その価値はこの国の一ヵ国に相当すると言われていたからである。この日も、商人達は結論を出さなかった。宗季の話を聞いて結論を出せなくなったのである。宗季に商人達の苦悩が伝わってきた。もし、商人達が、宗季の申し出を断ってきたとしても、宗季は彼らを責める気にはなれなかった。

翌朝また、商人達が安東館を訪れた。広間に案内した者の話によると、昨日とは違い、彼

らは妙に明るかったという。宗季はこの話を聞いて、急ぎ広間に足を運んだ。どうやら安東水軍と運命を共にする覚悟を決めたようである。近習が広間の戸を開けると、商人達は一斉に宗季を見た。その顔はどれもすがすがしかった。宗季は席に着くと、

「どうやら、結論が出たようですな」

と声を掛けた。商人の一人が宗季の前に進み出て、床に手をつき頭を下げ、

「御屋形様の、仰せの通りに致します」

と答えた。宗季は安堵の胸を撫で下ろした。

救出作戦

その日の夕方、宗季の船団は赤間関を出港した。船団には赤間関の商人から借り受けた十隻の交易船が加わっていた。宗季の申し出に、交易船に船頭と漕ぎ手まで付けて貸してくれた。赤間関の商人達は遠洋交易を行っていないために、交易船はあまり大きくないが、それでも救出した対馬の住人を運ぶには十分である。

宗季は出港するとすぐに、船足の速い数隻の軍船に、義久と常世の船団を見つけ出し、その位置を確認してくることを命じた。それと、義久と常世の船団に発見されぬように注意するよう付け加えた。宗季の船団は、交易船に船足を合わせたために、速度は遅くなったが、救出作戦が行われる新月の夜までに、義久と常世の船団に十分合流できる。宗季は、己の船団が、後詰に控えていることを新月の夜まで隠しておきたかった。このことを、義久と常世が知れば、彼らは安心するだろう。その安心が油断を生む。油断がえてして失敗に繋がる。宗季はそのことを恐れていたのである。

常世は宇曽利丸船上で、義久の上陸作戦を見ていたが、海岸にかがり火が焚かれた時、五隻の荷駄船を海岸と宇曽利丸の中間地点まで移動させ、軍船には、投石器と火箭がいつでも発射できるように用意させて、不測の事態に備えていた。海岸にかがり火が焚かれてから半時ほど経った時、見張りの兵が、叫んだ。

「常世様、左舷後方に船の灯火が見えます」

常世は急いで船尾の見張り台に上った。闇の中に、三十隻ほどの船の灯火が近づいてくるのが見えた。常世はただちに五隻の軍船に戦闘態勢をとらせ、海岸を見た。かがり火が消えていた。同じように、速船の灯火も、荷駄船の灯火も消えていて、そこには、闇が広がっているだけであった。彼らも異変に気付いたようである。常世が近づいて来る船の灯火が、宗季の船団であると分かるまで一刻ほどしか掛からなかった。船足の速い軍船が三隻、常世の船団に急接近して来て、宗季の船団であることを、灯火で合図してきたからである。

宇曽利丸船上で歓声が沸き起こった。常世はただちに、兵に命じて待機中の荷駄船に、近づいて来る船が宗季の船団であることを、灯火で合図した。荷駄船に灯火がともされ、同じように荷駄船から海岸の義久に灯火で合図が送られた。海岸で兵が歓声を挙げた。義久はすぐ海岸にかがり火を焚かせ、今度はその数を倍にした。五隻の速船は、常世の船団に近づいている船の後方に回り込もうと、闇の中を疾走していたが、常世の船団から送られる灯火の合図で、近づいている船が宗季の船団であることを知った。速船の船手頭が叫んだ。

「御屋形様がお見えになったぞ」

五隻の速船は海上に停止して灯火をともした。五隻の速船から歓声が沸き起こり、漕ぎ手が向きを変えて、全速力で海岸に引き返した。宗季は、赤間関の商人から借り受けた交易船十隻と、赤間関で荷を降ろして空になった荷駄船五隻を、常世が指揮する五隻の荷駄船が待機している位置まで移動させた。その後、常世の船団と己の船団から三十艘の小舟を降ろさせ、海岸に向かわせた。義久は、宗季が後詰に現れたことで、全ての不安が吹き飛んだ。後は小次郎達が、住人を助け出して戻ってくるのを待つだけだった。

小次郎達が、住人を連れて最初に戻ってきたのは、夜半を過ぎてからだった。小次郎は少女を背負い、両手に少年を連れて林の中から現れた。その後ろに、住人が続いた。海岸を警戒していた兵が、両側に分かれて松明をかざし、道を作った。その間を小次郎達と住人が船に向かって歩いた。小次郎は義久の前まで来ると、背負っていた少女を降ろし、

「義久様、まだ山中にかなりの数の住人が潜んでいると思われます」

と言って、数人の兵と共に松明をかざし、再び林の中に消えていった。その後、続々と

住人が海岸に集まってきた。兵の一人が松明を振って、住人が現れたことを、沖に待機している二十隻の荷駄船と交易船に知らせると、荷駄船と交易船から、一斉に網状の縄梯子が降ろされた。海岸で、速船と小舟に住人の乗り組みが始まり、それを、海岸を警戒していた兵が手伝った。住人の間から村長らしき老人が義久の前に進み出て、

「安東の皆様方には、お手数をお掛けし、何と言ってお礼を申し上げたらよいのやら」

と言い、義久に深々と頭を下げた。義久は、住人がどれくらいの数、山中に潜んでいるのかを聞くために、かがり火の傍に床机を二つ用意させ、それに腰を下ろした。義久は、村長らしき老人に床机に腰を下ろすように勧めたが、立ったままで、なかなか床机に腰を下ろそうとしなかった。義久が、

「立ったままでは、話ができぬではないか」

と強い口調で言うと、ようやく床机に腰を下ろして語り始めた。

「手前は村長の一人で、村木作兵衛という者でございます。元軍が上陸した時、抵抗した者は皆殺しにされ、その遺体が見せしめのために海岸に放置されていて、その様子が地獄絵図のようでございました。海岸に遺体が放置されたままでは、成仏できぬと思い、元軍が引き上げた後、山から下りて、遺体を海岸に埋葬したのでございます。それと、島の西側海域に展開していた高麗水軍の船影がここ数日間見えなくなり、どこかに移動したよう

でございました」

「食糧はどうしていたのだ」

「文永の戦以来、まさかの時に備えて、山中の数ヵ所に食糧を隠し蓄えておりましたが、その食糧も尽きるところでした。今夜、高麗水軍がいるはずのない島の東側海域に、かなりの数の、船の灯火を見た時、助けが来たのではないかと思いましたが、そのようなことはあり得ないと思い直した時に、松明が近づいてきました。その松明を持った者達が口々に、『津軽安東の者だ。助けに参った。対馬の方々、出てきなさい』と叫んでおりましたが、誰も出ていく者がいなかったのは、元軍の罠ではないかと思っていたからです。ただ、まこと津軽安東の方々であれば、助けてもらう機会を失うことになるので、この作兵衛が皆に代わって確かめることに致しました。もし松明の正体が元軍であれば、懐に忍ばせた短刀で刺し違えるつもりでございました」

「山中に逃げ込んだ住人はどれくらいいたのだ」

「千人くらいではないかと思われます」

その時、兵の一人が近づいてきて、第一陣の乗組みが完了したことを伝えた。女、子供、老人を先に乗り込ませているために時間が掛かり過ぎていた。義久は出発を急がせた。海岸を警戒していた兵と海岸に残っていた住人が一緒になって、速船と小舟を海岸から押し出すと、五隻の速船と三十艘の小舟は海岸を離れ、沖で待つ荷駄船と交易船に向かって一斉に漕ぎ出した。速船一隻につき、三十人ほどの住人を乗せていたが、そのほとんどが、女と子供と老人であった。その者達が、船が海岸を離れると同時に、櫓にしがみつき、兵と一緒になって櫓を漕ごうとした。漕ぎ手の兵がこれを止めさせようとして、諭すように言った。

「お前様方は、元軍に追われ、何日間も山に隠れ疲れきっている。そのお前様方に櫓を漕がすわけにはいかない。そこで休んでいて下され」

住人の一人が、それに答えるように、言い返した。

「皆様方は、命をかけて手前らを助けに来てくれました。手前らに、今できるのはこれくらいのことです。一緒に櫓を漕がせて下さい」

もう兵の誰もこれを止めようとはしなかった。安東の兵と住人は一緒に速船の櫓を漕いだ。住人を乗せた速船と小舟が荷駄船と交易船に横付けされると、住人は縄梯子を上って乗り移った。縄梯子を上る力のない子供や老人のために、船上から滑車で籠が降ろされた。船上では、握り飯、干し魚、干し肉、竹筒に入った水などが用意されていた。握り飯が大きかった。やがて、荷駄船の船手頭と交易船の船頭が住人を集め、赤間関に着くまでの、航海中の注意を与えた。

「大人も子供も握り飯は一日一個とする。干し魚と干し肉は、多少余裕があるので追加は認めるが、竹筒の水の補給は一日三度までとする。船上をむやみに歩き回らない。また、傷ついている者がいたら船手衆の風通しのよい船室で休ませる。

対馬の方々は、疲労と空腹が限界に達していると思う。船手衆も手前も、方々には、思い切り喉の渇きを癒し、握り飯で空腹を満たしてもらいたいが、それをしたのでは赤間関まではもたずに、水も食糧も尽きてしまう。この炊き出しの握り飯も、この船では間に合わず、御屋形様が軍船から小舟で届けて下されたものである。赤間関に着くまでの数日の間、方々には何としても、我らと共に辛抱していただきたい」

これを聞いて、対馬の住人は皆ひざまずき、船上にひれ伏した。中には、涙を流している者もいる。船手衆が、ひれ伏している者の手をとり、立ち上がらせて、握り飯や水の入った竹筒を渡した。握り飯と水の入った竹筒を受け取った住人は、荷駄室に下りていった。

海岸は混乱していた。義久が考えた以上に海岸に集まってきた住人の数は多かった。荷駄船十隻と交易船十隻だけでは、住人を収容しきれない。義久は急ぎ安東丸に伝令を送り、状況を宗季に報告した。宗季から荷駄船と交易船だけで収容できなければ、軍船に収容する旨の返事がきた。安東水軍は結果的に、住人を収容するために、荷駄船と交易船の他に十五隻の軍船を使うことになった。東の空が白み始めた頃、義久は住人を乗せた最後の船を送り出した。海岸には、警戒に就いていた兵と、捜索を行っていた兵だけが残された。兵達のどの顔も、汗とも、泥とも、埃ともつかぬ汚れできたなかったが、誰もそれを拭おうとはしなかった。兵達は、よほど疲れていたとみえて、海岸に腰を下ろしている者もいた。

小次郎は義久に近づいて、声をかけた。

「義久様、うまくいきましたね」

義久から労いの言葉が返ってきた。

「小次郎、疲れたろう。捜索ご苦労であった」

義久は迎えの船が来るまで、兵に命じて、かがり火の燃えかすなどを海岸に埋めさせた。これで、安東水軍がここで、なにかをしたという痕跡は残らない。

宗季と、常世の船団は、住人を乗せ、赤間関に向かっていた。安東丸船上には、救出作戦を終えて戻ってきた、義久と小次郎の姿があった。宗季は、義久と小次郎に命じて、救出した住人の赤間関における受入れ先を決めることにした。宗季は、赤間関の商人と図って、救出した住人を受け入れるために、彼らの屋敷の一部を開放してもらうことにしていたが、それで足りなければ、赤間関郊外の百姓家などを借り受けることにした。宗季は救出作戦の間、高麗水軍が対馬海域から姿を消していたことで、広季と貞時の作戦が成功したことを確信した。また、高麗水軍は南宋の水軍が博多湾沖に到着するまで、身動きがとれないだろうから、その間に次の作戦の準備をしなければならないと考えていた。船団が赤間関に帰り着くと、赤間関の商人と安東館の者が出迎えた。千人近い住人が上陸を開始すると、港は大混乱を来した。やがて住人は、それぞれの受け入れ先に向かって、列を組んで歩き出した。

この日から、住人の受け入れ先である安東館と赤間関の商人達の屋敷では、別の戦いが始まった。宗季は、赤間関の商人に礼を述べた後、数人の近習と共に安東館に入った。屋敷の至る所が、住人に占拠されたようになっていた。留守居役の安倍老人が宗季を出迎え、

「御屋形様には、ご不便をお掛けいたします」

と詫びた。敷地内に掘立て小屋が建てられ、安東館の中で、宗季が最も気に入っていた庭は、大事にしていた庭木が切られていた。庭の池では、子供達が水浴びをしていた。これを見た安倍老人が、

「これは」

と言って駆け出そうとした。宗季は、

「捨ておけ」

と言って安倍老人を止めた。その顔はどこか満足げである。

「この館には、どれくらいの住人を受け入れたのだ」

「三百人でございます」

「三百人か、これも戦だな」

宗季が感慨深げに言った。数日後には、作戦を終えた広季と貞時の船団が相前後して赤間関に戻ってきた。広季と貞時は安東館に入り宗季に目通りした。貞時は、館が住人に占拠され様変わりした様子を見て、

「御屋形様、すさまじいものでございますな」

「何がだ」

「館の様子が、でございます」

宗季が、広季と貞時を誘って庭へ出た。広季が、

「この作戦の一番の手柄は、義久と常世でございますな」

と言うと、

「否、小次郎もおるぞ」

と宗季が答えた。

これを聞いて、貞時は照れくさそうな様子であった。

庭に建てられた屋根が付いただけの掘立て小屋には、炊事の煙が立ち込め、庭木の、木と木の間に縄が張られ、洗濯物が干されているのが見えた。対馬の子供達が池で水浴びを

したり、庭の木にのぼったり、その辺を走り回ったりして遊んでいた。大人達が忙しそうに動き回っていたが、その中の一人が、「御屋形様だ」と叫んだ。宗季に気が付いたらしい。大人達が一斉に宗季の方を見た。彼らは地面に膝を落として、土下座しようとした。宗季は、

「そのまま」

とそれを制した。貞時が、

「御屋形様、救出作戦の勝利者は彼らかも知れませんな」

と言うと、

「その通りだ」

と答えた。

常世の死

宗季は赤間関で、編成替えを行った。速船三隻を含む三十隻をそれぞれ広季と貞時の指揮下におくことにして、残された速船四隻を含む四十五隻を宗季の直属とし、常世の率いる五隻の宇曽利の軍船は宗季の指揮下に置いた。

宗季はこの体制で各船団を対馬の東側に展開させ、西側に展開している高麗水軍と対峙した。

安東水軍が対馬の東側海域に展開して一日経った頃から、高麗水軍の軍船の数が増えだした。どうやら南宋の船団が九州海域に到着したようである。ここ数日間で軍船の数が倍近くの三百隻に達し、対馬の東側海岸の湾内に、高麗水軍の五十隻ほどの軍船が常駐するようになった。高麗水軍が安東水軍の展開する東側海域に、思い切った展開ができないのは、高麗から九州に向かう補給物資を積んだ荷駄船が、たびたび村上水軍に襲われ、その補給路が脅かされていたからである。それでも時には、対馬の西側に展開している船団が、東側海岸の湾内に常駐している船団と呼応して、威嚇行動をとることがあり、そのたびに安東水軍は戦闘を回避するために、船団を後退させていた。安東水軍の将兵の中には高麗水軍を見て、「なぜ戦わないのだ」と不満を漏らす者もおり、士気が落ちているのを、宗季は感じていた。何か手を打たなければと考えていた時、常世が安東丸を訪れた。常世は宗季に会うなり、切り出した。

「御屋形様、この常世に良い考えがあります」

「申してみよ」

「御屋形様、これは救出作戦の折に、速船で偵察活動を行った義久様から聞いた話でございます。義久様が速船で夜陰に紛れて、浅茅湾の奥深く侵入すると、高麗水軍の軍船と荷駄船が五十隻近く停泊していて、そこが高麗水軍の補給場所であると知ったとのことでございます。義久様が、これに夜襲をかければ、赤子の手を捻るようなものだと、申されておりました。浅茅湾の海岸線は複雑に入り組んでいるとのことでございます。小部隊が行動するには最適だと思われますので、救出作戦の折に、偵察活動を行った速船一隻を、お貸しいただければ、高麗水軍に対する夜襲を成功させてみせます。この常世に高麗水軍に対する夜襲を、ぜひ、お命じ下さい」

宗季は常世の話を確かめるために義久を呼んで聞いてみたが、常世の言う通りであった。

宗季は、「少し思案させてくれ」と言って常世を帰した。

その後で、広季と貞時を安東丸に呼び、二人の考えを聞いた。二人の考えは、対馬の北側海域は、高麗水軍に封鎖されているだろうから、常世の船団が浅茅湾に侵入するのは、南側からということになる。南側海域から高麗水軍の展開している西側海域を通り、浅茅湾の入り江に到達するには時間が掛かり、湾への侵入は夜半を過ぎる。仮に、夜襲に成功したとしても、浅茅湾からの脱出が夜明け近くになってしまい、高麗水軍に発見されずに脱出するのは難しい。それに、救出作戦の時とは違い、浅茅湾の入り江は特に警戒が厳重になっているということで一致した。ただ二人には、高麗水軍を見て、戦闘を回避することが続けば、ますます将兵の士気が落ちるのではないかという懸念があった。ここは、多少の危険を冒してもという二人の思いと、宗季の思いは同じであった。

宗季は浅茅湾に停泊中の高麗水軍に対する夜襲を常世に命じることにした。ただ、常世の船団だけでは、心もとないので、広季の船団を後詰として動かすことにして、常世を安東丸に呼んだ。常世が宗季の船室に下りると、船室の前で、小次郎が二人の兵と見張りをしていた。常世が小次郎に気付き、

「小次郎殿」

と声をかけると、小次郎が、

「中で御屋形様がお待ちです」

と常世に告げた。常世が船室の戸を開けて、

「安倍常世、お召しにより罷り越しました」

と復命した。

宗季の船室は十坪ほどの広さがある。部屋の隅に宗季の寝床があり、中央には、木製の食台とそれを囲むようにして、四つの長椅子が備え付けられている。食台の正面には宗季が、左右には広季と貞時が向き合って座っていた。常世が宗季に向き合うようにして席に着くと、広季が対馬の海図を食台の上に広げた。食台の上の天井から吊るされた灯火が海図を照らした。

対馬はおおむね、北と南の島に分かれているが、東側が、わずかに陸続きとなっていて、浅茅湾が東側海域に通ずるのを塞いだような形になっている。安東水軍が高麗水軍と同じほどの軍船をもっていたなら、浅茅湾の高麗水軍を容易に封鎖できるだろうが、安東水軍の総力を挙げても、軍船の数は高麗水軍の四分の一にも満たない、海図を前にして四人は考え込んでしまった。この時期、浅茅湾への侵入は難しかった。最初に口を開いたのは貞時である。

「御屋形様、常世殿の船団を浅茅湾に侵入させるには、以前の救出作戦のように、幾つか

の作戦を同時に進行させて、高麗水軍を攪乱させるより他はないと思われます。貞時の考えとしては、高麗水軍が封鎖している北側海域から、安東水軍が西側海域に突入を図っていると、高麗水軍に思わせることが一つ、それと、もう一つは、東側海岸の三浦湾に常駐して、安東水軍に睨みを利かせている高麗水軍に攻撃を加えること。さらに」

と言った時、広季が、

「貞時殿、まだあるのか」

と貞時に問いただしたことで、宗季と常世には、二つの陽動作戦について、すでに広季と貞時の間に、何らかの打ち合わせができていることがわかった。貞時が頷き、

「村上水軍に頼み、対馬の西側海域に展開している高麗水軍に、噛み付いてもらいましょう」

と答えた。貞時と村上水軍の丸子二左衛門は両軍の連絡役である。宗季は貞時から、高麗の荷駄船が村上水軍に襲われ、かなりの打撃を受けて、高麗水軍が苛立っているということを聞いていた。さらに、軍船が攻撃されれば、その苛立ちは最高潮に達するだろう。宗季が、尋ねた。

「貞時、その二つの作戦は誰にやらせるのが一番よいか」

「常世殿の後詰は、広季様にやっていただき、この貞時が、高麗水軍が封鎖している、対

馬の北側海域から西側海域への突入を図ります。御屋形様には、三浦湾に停泊している高麗水軍への攻撃をお願いするのが一番よいかと思われます」

宗季が、「余もそう思う」と言ったことで、この作戦が実行に移されることに決まった。細かな打ち合わせが一時ほど続いた。軍議が終わった後は、作戦の準備もあり、それぞれの船にすぐ帰るのが常だが、この日は珍しく宗季が三人を引き止め、食事と酒を部屋に運ばせた。宗季は、酒はあまり強いほうではないが、この夜は珍しく、杯を何度も口に運んだ。酔いがまわると宗季は己の思いを語り始めた。

「広季、貞時、それに常世も聞いてくれ。この宗季、戦が終わり無事十三湊に帰ることができたら、家督を五郎丸に譲り、安東一族の棟梁としての己を捨てようと思っている。五郎丸の後見役は、広季と貞時、お主ら二人に頼むつもりである。その後、ここにいる常世と船団を組んで、天竺の西の彼方にある、まだ安東が見たこともない国々を訪れ、その国々の珍しい品々を十三湊に持ち帰るのが夢である。この宗季、安東一族の棟梁の家に生まれたことで、どれほど悔しい思いをしたことか。安東一族の棟梁の家に生まれたというだけで、交易船に乗ることが許されず、未だに、海の彼方にある国々を見たことがない。ここにいるお主らでこの宗季の夢を叶えてはくれぬか」

この夜の宗季は一人で杯を重ね、一人で語り、広季、貞時、常世の三人は聞き役に回った。この夜の宗季はどこか妙であった。このような宗季を見たのは、広季も貞時も初めてのことである。やがて、宗季は語り疲れたのか、食台に手を付いたまま、眠り込んでしまった。

「御屋形様は、お疲れになっている」

広季が低い声で囁いた。三人は宗季の具足を外し、寝床に運んだ。宗季の寝顔は安らかであった。おおかた、異国の夢でも見ているのだろう。三人が部屋の外に出ると、小次郎が二人の兵と見張りを続けていた。

小次郎が三人に気付いて、

「御屋形様は」

と尋ねた。広季が、

「お休みになられた。今夜はそっとしてあげてくれ」

と答えた。広季と貞時は、先ほど宗季が話したことを考えていたが、いくら考えてみても結論は同じであった。今も、これから先も、御屋形様なくしては、安東水軍は成り立たない。御屋形様の夢は、叶えてあげられそうになかった。せめて寝床の中で、戦いが始まるまで夢を見させてあげたい。それが二人の思いであった。だが常世の考えは二人とは違っていた。

「広季様、先ほど御屋形様が申されたようなことになりましたら、この常世、御屋形様のお供をして、天竺の西の彼方まで行ってもよろしゅうございますか」

「その時が来たら御屋形様のお供は、常世殿、そなたに頼むことにする」

常世と貞時の二人は、それぞれの船に帰って行ったが、広季は船上で義久を呼び、作戦の概要を説明して細かい指示を与えていた。夜空に、雲がかかっているとみえて、月明かりも星明かりもなかった。

「明日は雨でございましょうか、もう、梅雨は明けたと申しますのに」

義久の言葉に、

「雨になっては困る。明日からは晴れの日が続いてもらわねば、我が水軍がもっとも得意とする火炎玉が使えなくては、数に優る高麗水軍に太刀打ちできなくなる」

と広季が答えた。

翌朝は、昨夜の雲が嘘のように消え夏空が広がっていた。宗季は寝床の中で夢うつつであったが、安東丸が急に方向を変えたことで目を覚ました。食台の上に目をやると、後片付がされておらず昨夜のままである。宗季は己が酔いつぶれて寝込んでしまったのを見て、広季あたりが起こさぬよう気を遣い、そのままにさせておいたのだろうと思った。宗季は具足を着けて船上に駆け上った。船上では船縁から海に突き出した鉄の容器にかがり火が焚かれ、投石器には燃える水を染み込ませた火炎玉が、火箭には大型の矢が用意されていた。戦闘が始まれば、火炎玉と火箭の大型の矢に、かがり火から火を移し、すぐ発射できるようになっていた。対馬の島影が近づいてきて攻撃目標である三浦湾が見えてきた。宗季が、

「始まるのか」

と声を掛けると、義久が、

「もうすぐでございます」

と答えた。

船団はいつの間にか、一列になって進んでいる。宗季は気になり、

「今日の戦法は」

と義久に尋ねた。

「車懸りの戦法でございます。広季様から聞いております」

と義久が答えた。狭い湾内では、船団を組んでの戦闘は無理である。軍船が数隻ずつしか行動できない。それに、一度軍船から火炎玉や火箭の矢を放つと、投石器と火箭は滑車で引いて固定するために、次の発射まで時間が掛かる。火炎玉や火箭の矢を間断なく発射するために、湾の外側に車懸りの陣を敷き、常に新手の軍船を湾内に突入させ、敵を攻撃

する。攻撃を終えた軍船は、すぐ湾内を抜け、車懸りの陣の末尾に付き、次の攻撃が回ってくるまでに、投石器と火箭の準備をする。これは昨夜、広季達と打ち合わせたことである。ただ、なぜ義久が船団を一列にしたのか気になっていた。

「義久、船団を一列にしたのでは、車懸りの陣を敷くのに、時間が掛かり過ぎるのではないか」

「いいえ御屋形様、小島に沿って三浦湾に突入するのは、どうせ一隻ずつになりますので、一度攻撃を終えた船から車懸りの陣を敷いたほうが、最初から車懸りの陣を敷くより、効率がよいと思われます。それに高麗水軍が湾の外側に見張りを出していたとしても、遠目に見れば、我が船団は数隻にしか見えないでしょう」

宗季は義久を、つくづく戦巧者だと思った。宗季の船団が三浦湾に近づくと、高麗水軍の軍船が三隻、湾の外側で見張りをしていた。見張りの船が宗季の船団に気付き、急いで湾内に引き返した。宗季の船団は、見張りの船を追うように、一列のまま黒島に沿って湾内に突入した。やがて、高麗水軍の軍船が横に連なって湾内を塞いでいるのが見えてきた。その後方に高麗水軍の軍船が三十隻ほど停泊していた。宗季の船団が高麗水軍の射程に入っても、投石器の攻撃がなかった。どうやらまだ、戦闘準備ができていないようである。宗季の船団は、右に方向を変えて、三浦湾を塞いでいる高麗水軍の軍船と平行に進んだ。

高麗水軍の軍船から弓矢が打ち込まれた。安東水軍がこれに応射して矢合わせのようになったが、投石器や火箭の使用は、安東水軍の方が早かった。次から次へと火炎玉や火箭の矢が放たれ、三浦湾を塞いでいた高麗水軍の数隻の軍船が炎に包まれた。高麗水軍の軍船から石や火矢が放たれたが、散発的なもので大した威力はなかった。安東水軍の波状攻撃の前に、湾を塞いでいたすべての船が炎上しだした。

高麗水軍の兵が船を捨て、海に飛び込む様子が安東水軍の軍船からもよく見えた。宗季を乗せた安東丸は、黒島に沿って進み、三浦湾を塞いでいた高麗水軍の正面に出た。攻撃を終えた安東水軍の軍船が、安東丸を回りこむようにして車懸りの陣の末尾に付いた。いつの間にか、安東丸は車懸りの陣の中心にいた。三十隻ほどの高麗水軍の軍船が、炎上する軍船の後方から前面に押し出そうとしていたが、炎上する軍船がそれを妨げていた。義久は湾を塞いでいた高麗水軍の軍船が炎上して戦闘能力を失ったと見るや、船団をその場に停止させた。今度は、安東水軍の軍船が湾を塞ぐような形になった。湾を塞いでいる高麗水軍の軍船が燃え尽きるまで時間が掛かる。安東水軍のすべての軍船が再び投石器や火箭の発射準備を終えるのに十分であった。湾を塞いでいた軍船の炎上が下火になった時、炎上している軍船を押しのけるようにして、三十隻近い高麗水軍の軍船が前面に押し出してきた。高麗水軍にとって不運だったことは、安東水軍の軍船が戦闘態勢のまま横に連なって待ち構えていたことである。軍船は船体を横にしなければ、投石器や火箭を発射できない。高麗水軍は慌てて左右に展開したが、その時はすでに遅かった。

高麗水軍の軍船に向かって安東水軍の火炎玉や火箭が間断なく降り注ぎ、瞬く間に七隻の軍船が炎に包まれた。また、左右に展開しようとする軍船と後方から前面に押し出そうとする軍船が接触して、高麗水軍は混乱を来し、かなりの損害を出していた。

高麗水軍の将兵は安東水軍が次から次へ新手を繰り出してくることに驚いていたが、さらに驚いたのは、今まで見たことのないような大型の軍船が、安東水軍の攻撃部隊の後方に浮かんでいて、その船に大将旗が掲げられているのを見たときである。高麗水軍の将兵は、一瞬時間が止まったように感じ、戦意を喪失した。大将旗を掲げた軍船がいるということは、湾内に突入しようとしているのは、安東水軍の主力部隊に違いないと、高麗水軍の将兵は考え、残存している軍船に対して退却を命じた。高麗水軍の指令船から退却の合図の旗が、盛んに振られているのが、安東丸船首の見張り台からもよく見えた。湾の奥に向かって退却していく高麗水軍の軍船の数は十隻ほどであった。あとの軍船は大破しているか、炎上しているかのどちらかであった。宗季の船団は、湾内に停泊していた高麗水軍の、五十隻前後の軍船の内、四十隻を壊滅させたことになる。

戦闘が終了すると同時に、各軍船から小舟が降ろされ、船の残骸に掴まり、海面に漂っていた高麗兵と蒙古兵を四十人ほど救出し、高麗兵と蒙古兵に分けて、軍船の船牢に収容した。後日、安東水軍の将兵が、高麗水軍に捕らえられた時、交換することができる。この圧倒的な勝利によって、宗季の船団の士気は大いに上がった。

宗季はこの勝利を広季と貞時に知らせるべく、速船を伝令に出した。宗季はこれで、広季と貞時の、船団の将兵の士気が、大いに上がるだろうと考えていた。宗季はこの後、湾の奥に逃げ込んだ高麗水軍の残存兵力を掃討した。

貞時の船団が対馬の北側海域に達したのは、宗季が勝利を収めた日の夜半過ぎである。貞時は船団を停止させ、三隻の速船を対馬の北側海域と西側海域の偵察に出した。夜明けになって一隻の速船が岩木丸に近づき、その船体を岩木丸に寄せてきた。岩木丸船上から縄梯子が降ろされると、船手頭が船上に上ってきた。

船上の兵は、貞時が偵察に出した速船の一隻が戻って来たものと思い、その旨を船室で仮眠を取っていた貞時に伝えた。貞時は急ぎ具足を着けて船上に上ってきた。貞時は片膝を付いて控えている船手頭の顔を見た時、一瞬胸騒ぎがした。そこに控えていたのは、貞時が偵察に出した速船の船手頭ではなく、宗季指揮下の船手頭だったからである。貞時は思わず、

「御屋形様に何かあったのか」

と叫んだ。船手頭は、貞時の顔があまりにも、凄い形相だったので、怪訝そうな顔をした。貞時はさらに、

「御屋形様に何かあったのかと聞いているのだ」

と怒鳴るように言った。船手頭は、貞時が宗季の安否を心配しているのだと思い、すぐに、

「貞時様に申し上げます。昨日御屋形様におかれましては、東海岸の三浦湾に停泊していた高麗水軍の船団を撃破し、四十隻あまりの軍船を壊滅させ勝利を収められました。味方の損害は兵が三十人ほど負傷したのみにて、御屋形様はご無事でございます」

と答えた。貞時は思わず両手で、船手頭の両肩を押さえ、

「それはまことか」

「まことでございます」

貞時は船手頭の肩から手を離し、

「御屋形様が」

と呟き、貞時と船手頭の二人のやり取りを心配そうに見ていた将兵に向かって大声で、

「昨日、御屋形様は三浦湾に陣取る高麗水軍を壊滅させ、大勝利を収められたぞ」

と叫んだ。岩木丸船上で歓声が沸き起こった。

一方、広季と常世は、船団を対馬の南側海域に侵入する手前で停止させていた。これから先は隠密裏に行動しなければならない。広季は速船で偵察活動を行い、高麗水軍の動向を探ることにした。その夜宗季から、三浦湾における勝利の知らせが届いた。広季が麾下の船団に宗季の勝利を知らせると、船団は宗季の勝利で沸き立った。

広季は出羽丸船上で一人浮かぬ顔をしていた。広季は宗季の勝利を素直に喜べなかった。今まで安東水軍は高麗水軍を翻弄してきたが、宗季の勝利によって高麗水軍はその怒りが、最高潮に達しているだろう。宗季の勝利が、高麗水軍の目を覚まし、高麗水軍が本気で動き出した時、その反動が安東水軍に及ぶことを広季は恐れていた。

翌朝、偵察に出ていた速船が戻って来て、対馬の南側海域に、かなりの数の、高麗水軍の船団が展開していることを告げた。宗季の勝利の日から三日後には、高麗水軍は対馬の東側沿岸に五十隻ほどの船団を展開させていた。宗季はこれを見て、高麗水軍が本腰を入れてきたことを感じた。

貞時の船団が対馬の北側海域を封鎖している高麗水軍と遭遇したのは、宗季が勝利を収めた日から四日後のことである。貞時の船団を発見した高麗水軍は、五十隻ほどの軍船を左右に展開させ鶴翼の布陣で、貞時の船団を迎え撃とうとした。これに対し貞時の船団は魚鱗の隊形で、高麗水軍の中央突破を図るようにして船足を速めた。高麗水軍の将兵は、貞時の船団の行動を見て、安東水軍は戦を知らないのではないかと思った。安東水軍が魚鱗の隊形のまま、高麗水軍の中央突破を図れば、当然、高麗水軍は左右に分かれて道を作るような陣形になり、そこを安東水軍が通ることになる。そうなれば、安東水軍は左右から高麗水軍の一斉攻撃を受ける。そのうち高麗水軍の鶴翼の陣に包み込まれて、逃げ道さえ失うことになる。

貞時は、船団が高麗水軍の投石器や火箭の射程近くまで達した時、高麗水軍が考えたような行動は取らなかった。魚鱗の隊形を崩し、軍船を左右に展開させ、火箭や火炎玉で高麗水軍を攻撃した。すぐに高麗水軍の軍船が応射してきたが、射程距離に達していないとみえて、互いの船には届かず、海面に波しぶきを上げていた。

高麗水軍は、安東水軍が魚鱗の隊形のまま、高麗水軍の陣形に突入せず、左右に展開して、対峙しようとする様子を見て、高麗水軍と同じ鶴翼の陣形でも作るのではないかと考えた。安東水軍が攻撃を終えた両端の軍船から引き上げだした時、高麗水軍は、高麗水軍の固い防御を突破できぬと見た安東水軍が陣形を立て直し、別の陣形で攻撃してくるものと考えた。高麗水軍は、安東水軍の最後の一隻が引き上げ、その視界から消えた時、初めて、安東水軍に翻弄されていることを知った。高麗水軍の指令船から安東水軍に対する追撃命令が出た。

貞時は、岩木丸船上で風に吹かれながら、今回の戦では、敵から逃げ回ることが多いことに苦笑していた。度重なる貞時の船団の挑発に、業を煮やした高麗水軍は、貞時の船団を一挙に壊滅させようとして、対馬の北側海域に百隻を超える軍船を展開させた。また、宗季の船団が対馬の東側沿岸に展開する高麗水軍に、再度攻撃する構えを見せたために、軍船の数を増やしていた。それと、補給物資を積んだ荷駄船を攻撃していた村上水軍が、軍船を攻撃しだしたため、これを掃討するためにも、高麗水軍は軍船を差し向けなければならなかった。宗季達が考えたように、高麗水軍はその兵力を分散した。

広季が、偵察に出していた速船から、対馬の南側海域に展開していた高麗水軍の船影が消え、西側海域も手薄になっているという報告を聞いたのは、宗季の勝利から七日後のことである。広季はすぐ、常世を出羽丸に呼んだ。常世は宗季より五歳年上の広季を、崇拝していた。広季は喜怒哀楽の表情をあまり顔に表さない。戦場においては冷静沈着で、情況判断を誤ることはない。広季は安東水軍の中で、常世の手本になるような人物である。その広季が、厳しい表情をして常世に語った。

「常世殿、これからわしが言うことは、御屋形様が申される言葉だと思って心して聞いてくれ。そなたは、戦場での経験が浅い故、戦場の雰囲気に呑まれる恐れがある。そなたが行う、浅茅湾に停泊中の高麗水軍に対する夜襲は、非常に危険を伴う。停泊中の高麗水軍に一撃を加えるだけで十分である。戦果の拡大を図ってはならない。我らの目的は高麗水軍を撹乱させることにある。夜が明けると高麗水軍の船団が、荷駄船から補給物資を受け取るために、浅茅湾に集まってくる。夜明け前には、必ず浅茅湾を脱出してもらいたい。わしは、浅茅湾の入り江付近に待機して、不測の事態に備えながら、作戦を終えたそなたの船団を待つことにする。それにもう一つ付け加えることがある。戦とは、何が起こるか分からないものだ。決して、火炎玉や火箭を使い切ってはならない。次の戦いに備えて、残しておくことだ」

広季の言葉に、

「広季様の仰せの通りに致します」

と常世は答えた。だが、結果として広季の言葉の通りにはならなかった。

その日広季と常世の船団は対馬の南側海域を抜け、西側海域を浅茅湾に向かって北上した。陽動作戦によって、高麗水軍が分散されたとはいえ、対馬の西側海域は高麗から九州への通り道に当たる。何時、高麗水軍と遭遇するか判らない。広季は高麗水軍との遭遇を避けるために、陽のあるうちは、船団の船足を落とし、偵察船の数を倍にした。

広季と常世の船団が浅茅湾の入り江に達したのは、夜半近かった。広季の船団は、浅茅湾の入り江付近で警戒態勢をとり、常世の船団は速船の先導で浅茅湾に侵入した。常世の船団が浅茅湾の中をゆっくりと半時ほど進むと、湾内の至る所に停泊している高麗水軍の、軍船や荷駄船の灯火が見えてきた。常世の船団は、攻撃する船を物色しながら、さらに一刻ほど湾内に進んだ。湾の奥に二十隻ほどの船が停泊していた。常世は灯火の高さから、停泊しているのが軍船であることを確認した。常世は手始めに、この二十隻ほどの軍船を攻撃し、入り江に向かって退却しながら、停泊している船を手当たり次第攻撃することにした。宇曽利丸から灯火が大きく振られ、それを合図に、常世の船団は高麗水軍の二十隻ほどの軍船に攻撃を始めた。常世の五隻の軍船と一隻の速船が、一斉に火炎玉や火箭を放つと、数隻の軍船から火の手が上ったが、将兵が、眠りに就いていたとみえて、すぐには、高麗水軍の軍船からの反撃はなかった。常世は宇曽利丸船尾の見張り台から灯火で合図を送り、麾下の船団に次の攻撃目標に移動するように命じた。常世の船団は反転して、高麗水軍の船を手当たり次第攻撃しながら湾の中央に向かって進んだ。常世は湾内に侵入して来た時、湾の中央付近に、高麗水軍の五十隻ほどの軍船と荷駄船が停泊していたのを、確認していて、これを壊滅させれば、高麗水軍は当分目立った動きが取れなくなると考えていた。常世の船団は、湾の中央付近に停泊中の高麗水軍の船団に近づき、一斉に攻撃を加えた。たちまち数隻が炎上して湾内が、真昼のように明るくなった。常世は戦果に酔いしれ、宇曽利丸船尾の見張り台から、

「撃て、撃て。撃って高麗水軍を焼き尽くせ」

と叫んでいた。高麗水軍の軍船や荷駄船を焼く炎を見て、常世は平常心を失い、狂喜していたと言ってもよい。もはや広季の言葉も頭になかった。常世の船団は火炎玉や火箭を撃ち尽くして、ようやくその攻撃を終えた。その頃になると、高麗水軍の軍船が反撃してきたが、常世の船団を確認できないために、投石器も火箭もめくら撃ちであった。

空が白み始めた頃、常世は船団に退却命令を出し、船団は湾の入り江に向かって全速力で疾走した。常世は宇曽利丸船尾の見張り台から、高麗水軍の軍船や荷駄船が炎上するのを見ていたが、軍船の追撃がなかったことでほっとしていた。侵入して来た時とは違い、一刻ほどで入り江が見えてきた。入り江に船影を見た時、常世は安堵の胸を撫で下ろし呟いた。

「広季様が、お待ちになられている」

広季は出羽丸船上で、焦りを感じていた。夜明けが近づいても、常世の船団は戻ってこなかった。夜が明けると高麗水軍の船団が補給を受けるために、続々と浅茅湾に集まってくる。その時は、常世の船団が、湾から脱出することは不可能となる。見張りの兵が叫んだ。

「広季様、船の灯火が見えます」

広季は急いで船首の見張り台に上った。見張り台の上から、浅茅湾に向かって北上して来る十隻ほどの船の灯火が見えた。安東水軍は、この辺りの海域で作戦行動は行っていない。高麗水軍の船団であることは明らかである。広季は北上して来る十隻ほどの船団を追い払うことにして、麾下の船団に戦闘態勢をとらせ南下を始めた。北上して来る高麗水軍の船団から見れば、広季の船団は、浅茅湾で補給を終え、作戦海域に向かう味方の船団に思えたことだろう。広季の船団は、高麗水軍の船団に近づくと、その進路を塞ぐように左右に展開して、火炎玉や火箭を放った。攻撃を受けて、高麗水軍の船団は、ようやく広季の船団を、安東水軍の船団であると気付いたらしく、左右に展開し、投石器や火箭で反撃してきた。小競り合いが一刻ほど続いたが、広季の船団の数の前に、これ以上戦闘を続けるのは不利とみて、高麗水軍の十隻ほどの船団は退却を始めた。広季は、追撃することをせずに、船団を反転させて、浅茅湾の入り江に向かった。

東の空には陽が昇り、すでに夜が明けていた。広季は船首の見張り台から浅茅湾の入り江に目をやったが、出羽丸の前方を数隻の軍船が進んでいるために、浅茅湾の入り江がよく見えなかった。前を進んでいる軍船の船尾の見張り台から旗で合図が送られ、出羽丸の見張りの兵が、

「広季様、浅茅湾の入り江で戦闘が行われています」

と叫んだ。

広季はもう一度目を凝らすようにして、入り江の方向を見た。前を進む軍船と軍船の間に隙間ができ、数隻の船が炎上しているのが見えた。広季は心の中で、（常世、今行くぞ）と叫んでいた。

出羽丸船上から大きく旗が振られ、広季の船団は全速力で、浅茅湾の入り江に向かって進んだ。入り江が近づき、出羽丸船上からの視界が大きく開けた時、二十隻ほどの高麗水軍の軍船に、常世の船団が攻撃されているのが見えた。常世の船団のうち、四隻の軍船と一隻の速船がすでに炎上していた。

宇曽利丸は炎上を免れていたが、帆柱が折れ、船体の至る所に穴があき、かろうじて浮かんでいるように見えた。宇曽利丸船上では、常世の兵が果敢に、高麗水軍の軍船に向かって弓矢を放っていた。高麗水軍の軍船が、広季の船団に気付いたとみえて、常世の船団に対する攻撃を止め、態勢を整えて広季の船団に向かってきた。たちまち敵味方入り乱れての戦闘が始まった。激戦であった。高麗水軍は、広季の船団が湾に侵入するものと思い、必死でこれを阻止しようとした。

広季の船団も常世の船団の救出を急がねばならなかった。死闘が半時ほど続いた後、広季の船団は五隻の軍船を失っていた。高麗水軍も七隻の軍船を失った後、湾に向かって退却を始めた。広季の船団は、高麗水軍の軍船を入り江まで追撃し、入り江で停止して、浮木につかまって海面に浮いている常世の船団の、将兵の収容を始めた。

宇曽利丸から小舟が降ろされ、伝令の兵が出羽丸船上の広季に、常世の死を伝えてきた。広季は、常世の死を宗季に伝えるために、速船を伝令に出した。その後、生存兵を広季の船団に収容し、宇曽利丸を二隻の軍船で宗季の待つ対馬の東側海域まで曳航することにした。

広季は、討ち死にした将兵を戦場に放置したまま去らなければならないことを、心の中で詫びていた。本来であれば、死者を軍船に収容して水葬にするのだが、それをする時間がなかった。浅茅湾の入り江付近は危険すぎる。先ほどとは別の高麗水軍の船団が、補給のためにこの入り江に向かっているかも知れないし、先ほど湾内に退却した高麗水軍の船団が、多くの軍船を引き連れて戻ってくるかも知れない。一刻も早くこの海域を離れなければならなかった。広季の船団は船足を速め南下を始めた。各軍船の船上では、将兵が船縁に集まり、浅茅湾の入り江に向かって合掌していた。

広季に伝令を命ぜられた速船の船手頭は、必死になって兵に櫓を漕がせたが、先ほどの戦闘で兵が疲れているためか、速船の速度は上がらなかった。それでも翌朝には、対馬の東側海域に展開する宗季の船団を見つけ、速船を安東丸に横付けすることができた。船手頭は縄梯子を上り、船上で待つ宗季の前に進み出て片膝を付き、詳細を語り始めた。

「御屋形様に申し上げます。昨日早朝、常世様におかれましては、作戦の帰途、浅茅湾の入り江付近にて高麗水軍と遭遇し、宇曽利の船団は壊滅、常世様は討ち死に、これを見て広季様は船団を高麗水軍の船団に突入させ、激戦と相成りました。広季様は激戦の末、高麗水軍の軍船を七隻炎上させ、退却させることができましたが、広季様も五隻の軍船を失っております。我が軍の死傷者は、二百人に達するものと思われます」

宗季はこれを聞き、「常世が」と呟き、天を仰いだ。常世討ち死にの知らせを聞いて、安東水軍に衝撃が走った。

広季の船団が宗季に合流したのは、常世の死が宗季に伝えられた翌日の夕方であった。広季は安東丸に宗季を訪ねた。宗季は憔悴しきっている様子であったが、広季を見て、

「広季殿、ご苦労でござった」

と労いの言葉を掛けた。広季はこれに、

「この広季、力及ばず、このような仔細に相成りました」

と答えた。そこへ、曳航された宇曽利丸が、安東丸に並行して停止した。それを見て、宗季と広季、それと船上にいた将兵が船縁に駆け寄った。宇曽利丸の船底に安置されていた常世の遺体が小舟で安東丸に運ばれてきた。宗季は兵に命じて、常世の遺体を乗せた小舟

を、滑車を使って安東丸に引き上げさせた。宗季と広季は小舟のそばに駆け寄り、常世の死に顔を覗き込んだ。その様子を、船上の将兵が囲むようにして見つめていた。

常世は、何か大きな仕事を成し遂げたような、満足そうな顔をしていた。宗季は遺体の上にかがみ込み、「常世」と呼んだが、言葉にならなかった。涙が流れ、常世の顔の上に落ちた。宗季は落ちた涙を手でそっと拭いた。常世の遺体が小舟から、安東丸船上に敷かれた白い布の上に移され、仰向けに置かれた。

常世の胸には矢が刺さったままである。それは蒙古兵が使う半月弓の矢で、その矢が常世の胸を鎧の上から撃ち抜いていた。宗季は引き抜こうとしたが、引き抜けず、やむなく途中で折った。その後、宗季と広季の二人で、常世の顔や手を水に濡らした布できれいに拭いてやった。常世の遺体が乗せられていた小舟には、かがり火に使う薪が敷きつめられ、白い布が掛けられた。その上に常世の遺体が移されると、宗季は腰から、脇差を外して常世の胸の上に置いた。

常世の遺体を乗せた小舟が海面に降ろされると、別の小舟が安東丸と宇曽利丸の中間地点まで曳いて行き、そこで停止させた。曳いていた小舟が引き綱を解き、その場を離れ出すと同時に、宗季と広季の船団が、宇曽利丸と安東丸を取り囲むように、大きく輪を作った。安東丸船上の船縁には、将兵が勢揃いをして、手には皆弓を持っていた。小次郎が火矢を宗季に渡すと、宗季はそれを弓につがえて放った。火矢は夕闇の中を、炎の尾を引いて小舟に突き刺さった。それが合図であったかのように、船縁に勢揃いした将兵が次から次へ火矢を放った。やがて小舟が炎に包まれ、常世の遺体を焼く炎が海面を照らした。宗季の船団と広季の船団の、全ての将兵が、それぞれの船の船縁に勢揃いして、常世の遺体を乗せた小舟の炎が消え海中に没するまで常世を見送った。

対馬の北側海域で、高麗水軍と対峙している貞時に、常世討ち死にの知らせが届いたのは、常世の水軍葬が行われた翌日の夕暮れ時であった。岩木丸船上で知らせを聞いた貞時は、「常世が」と叫び南の空を仰いだ。

大嵐

常世が死んでも戦は終わらなかった。常世の死から数日後に、貞時の船団が対馬の北側海域で高麗水軍と戦闘を行い、激戦の末、これに勝利し、蒙古兵と高麗兵を二十人捕らえたという知らせを、安東丸船上で聞いた時、宗季は素直に喜べず、「そうか」と言っただけであった。

それほど常世の死が、宗季に与えた衝撃は大きかった。戦がなければ、常世や多くの将兵が死ぬことはなかった。また、対馬の住人も住んでいた土地を追われることはなかった。宗季は、戦そのものを憎むようになっていたが、元軍が九州海域にいる限り、戦を止めるわけにはいかなかった。

安東水軍が十三湊を出航してから三ヵ月近くが過ぎ、夏も終わろうとしていた。安東水軍の死者は七百人を超え、傷ついた者を合わせると、死傷者の数は二千人に達し、船も半数近くを失い、戦力は小浜港を出航した時の半分にまで落ちていた。宗季は安東丸船上で、十三湊から十隻の軍船が増援部隊として出航したという知らせを聞き、これを対馬の東側海域で待つことにした。

この日は朝から、重そうな灰色の雲が空を覆い、雲の流れが速く、湿った生暖かい風が吹いていた。宗季は義久を呼び、嵐に対する備えを急がせた。兵が慌ただしく動き、帆を畳んだり、火炎玉を船蔵に運んだりしていた。そこへ偵察に出ていた速船が戻ってきた。報告によると、高麗水軍は、対馬の北側海域や南側海域に展開していた船団を浅茅湾に避難させているという。

宗季は安東水軍のすべての船に、嵐に対する警戒態勢をとらせることにした。軍船や荷駄船はどんな嵐にも耐えられるように造られているので、対馬海域から遠く移動させ、船団の隊形を解き、船と船との距離を大きくとらせて、嵐が去るまで海上に漂わせることにした。ただ、五隻の速船は構造上、嵐にはあまり強くないために、対馬の海岸に乗り上げさせることにした。

その日の夕方から風と雨になり、一晩中暴風雨が続き、安東水軍の軍船や荷駄船は、皆、木の葉のように海上を漂った。安東水軍の誰も経験したことのないような大嵐のために、船内では立つことも座ることもできず、皆何かに掴まって一夜を過ごした。

夜明けには、嵐は嘘のように過ぎ去り、青空が広がっていた。宗季が船上に上ると、義久の指揮のもと、兵が慌ただしく動き回り、船の被害状況を調べていた。安東丸はよほど頑丈にできているとみえて、船体のどこにも損害がなかった。義久が宗季に気付き、昨夜、数人の兵が船内の柱などに身体をぶつけて、負傷したことを宗季に伝えた。

宗季は、義久と船尾の見張り台に上り、海上を見渡したが、海上のどこにも味方の船は見当たらなかった。昨夜の嵐でよほど遠くまで流されたらしい。海上には、うねりが残っていたが、安東丸は集合地点の、対馬の東側海域に向かって力強く漕ぎ出した。

安東丸が対馬の東側海域に戻ることができたのは、嵐の過ぎ去った翌日の朝のことである。集合地点には、五隻の速船と十隻の軍船が戻ってきていた。宗季は五隻の速船の船手頭を安東丸に呼び、対馬の北側海域、南側海域、西側海域、浅茅湾と鷹島付近の偵察を命じた。五隻の速船が、それぞれの海域に向かった後、ちりぢりになっていた軍船と荷駄船が続々と戻ってきた。三隻の荷駄船を除くすべての船が大した損害もなく、夕方までには対馬の東側海域に勢揃いした。宗季は対馬の東側海域で警戒態勢をとり、まだ戻ってきていない三隻の荷駄船と十三湊からの増援部隊を待つことにして、広季と貞時を安東丸に呼んだ。

宗季と広季、貞時の三人は宗季の船室で、船団の再編について話し合った。安東水軍を三船団に編成することは、数の上から効果的でないという三人の意見は一致していた。広季と貞時の二船団に編成し、宗季は広季と行動を共にすることにした。最後に、宗季は己の思いを二人に語った。

「これ以上戦いが長引くことは、安東水軍の崩壊を意味し、先祖が永年に亘って築いてきたものを失うことになる。敵は、高麗の港の警備に就いていた軍船まで対馬に投入してきている。これは、村上水軍と安東水軍を一挙に壊滅させようということだと思う。ここで思い切った手を打たなければ、いずれ安東水軍は消滅する。この宗季、座して死を待つよりは撃って出ようと思う。今回の嵐で高麗水軍はかなりの損害を出し、混乱を来していると思われる。この機会を逃しては、決戦を挑むことができなくなる。

速船が戻り次第、情況を聞き、ここに集結している安東水軍の全軍を、浅茅湾に突入させ、高麗水軍に決戦を挑むつもりである。嵐が去っても、海上にうねりが残っているここ数日間は、敵は波静かな浅茅湾を動かないはず。高麗水軍の船団に軍監として乗り込んでいる蒙古兵は、海上での嵐を初めて経験し、船酔いで病気のようになっている者もいるだろう。高麗水軍が集結していると思われるこの機会に、浅茅湾に突入すれば、敵味方入り乱れての乱戦となり、数の多い敵は身動きがとれず、火箭や投石器を使えば同士討ちになる可能性が大きくなる。勝利のために、この機会を逃してはならない」

宗季の話を聞いて、広季と貞時の二人は、

「仰せの通りです」

と答えた。

翌朝、偵察に出ていた速船の一隻が戻ってきた。浅茅湾の入り江付近には、高麗水軍の軍船の姿が見当たらず、湾内に侵入すると、湾内は、高麗水軍の船の残骸で埋め尽くされており、至る所に高麗水軍の将兵の遺体が浮かんでいて、見るに耐えなかったが、湾内のどこを探しても高麗水軍の軍船の姿を見つけることはできなかったという。

宗季は、船手頭の報告を聞き終えるとすぐ、広季と貞時に伝令を出して、貞時にはこの海域に残って、まだ戻ってきていない三隻の荷駄船と十三湊からの増援部隊を待つように命じ、自らは四十隻の船団を率いて、広季と共に対馬の南側海域を通り西側海域に向かった。西側海域に侵入し、浅茅湾の入り江が近づいても、高麗水軍の船影はなかった。安東水軍が船団を組んで浅茅湾に侵入するのは、常世の奇襲攻撃を除けば、対馬が元軍に押さえられてから初めてのことである。

宗季の船団が浅茅湾に侵入すると、将兵はその目を疑った。そこには偉容を誇った高麗水軍の姿はなく、船の残骸だけが波間に漂っていたからである。報告の通り、湾内の至る所に、高麗水軍の将兵の遺体が浮かんでいた。生存者はいなかった。

浜辺からは、いく筋もの煙が立ち昇り、高麗兵や蒙古兵が慌ただしく動き回っていた。その数は、四、五百人はいると思われた。速船が浜辺の高麗兵と蒙古兵を発見できなかったのは、速船が偵察を行った時、彼らは難を逃れて、まだ林の中にいたからである。

宗季の船団が浜辺に近づくと、これに気付いた高麗兵と蒙古兵は、戦闘態勢をとった。彼らが、弓などの武器を持っているところをみると、嵐で流れ着いた者もいるだろうが、そのほとんどは、嵐を嫌って嵐の前に上陸したものと思われる。高麗兵より蒙古兵のほうが多かった。彼らの放った矢が、安東丸の近くまで飛んできた。宗季の船団が投石器で一斉に鉄炮を放った。鉄炮の玉が高麗兵と蒙古兵の間に落ちて炸裂し、轟音が浅茅湾にひびきわたった。

たった一度の鉄炮の攻撃で高麗兵は戦意を喪失し、槍の先に白い布を付けて、これを振り降伏の意思を表した。高麗兵は蒙古兵の指揮のもとで戦うことに嫌気がさしていたのだろう。一方、蒙古兵は林の中に逃げ込み、徹底抗戦の構えを見せていた。宗季は広季に命じて、林に逃げ込んだ蒙古兵を掃討することにした。広季は五百人の兵を率いて上陸し、高麗兵の武装解除を行った。広季は降伏した高麗兵に命じて浅茅湾に浮いている高麗兵と蒙古兵の遺体を浜辺に埋葬することにした。林に逃げ込んだ蒙古兵と安東水軍の将兵の間で、三日間に亘って戦闘が行われ、蒙古兵は弓矢も食糧も尽きて降伏した。蒙古兵の死傷者は二百人を超え、安東水軍の死傷者も百人に達していた。

広季は、大した武器を持たずに上陸しながら、安東水軍に戦いを挑んできた蒙古兵の行為を憎んだ。最初から降伏していれば、双方合わせて三百人を超える死傷者を出さずに済んだものをと思った。

そのせいもあって、降伏した七十人ほどの蒙古兵に縄を掛け縛りあげた。高麗兵に縄を掛けなかったのとは大違いである。蒙古兵の中に、一際派手な鎧を着けた若者がいた。広季が降伏した高麗水軍の船将に尋ねたところ、世祖フビライの一族に繋がる王子で高麗水軍の総軍監ということで軍船に乗り込んでいたという。広季は、その若者の縄を解かせた。降伏した高麗水軍の将兵は、湾内に浮いていた高麗兵と蒙古兵の遺体を浜辺に引き上げ、浜辺に埋葬した。

高麗水軍の兵は、船将の指揮のもと秩序ある行動をとっていた。高麗水軍の将兵と、これを監視している安東水軍の将兵の間で談笑している姿が見られた。安東水軍の将兵の多くは、水軍の学問所で高麗語を学んでおり、高麗語が話せた。文永の戦以前、安東水軍と高麗水軍とは交流があり、降伏した高麗水軍の将兵の中には、安東水軍の将兵と顔見知りの者もいて、勝者と敗者の間をなごやかなものにしていた。安東水軍の将兵の多くは、世祖フビライによって駆り出された高麗水軍の将兵に同情していた。

広季が蒙古兵を降伏させた三日後に、貞時が十三湊からの増援部隊と行方不明になって

いた三隻の荷駄船を率いて浅茅湾にやってきた。貞時は、安東丸船上で宗季に会って、開口一番、

「御屋形様、この貞時、妙な気分でございます。安東水軍は高麗水軍を手本とし、多くのことを学んで参りましたが、高麗水軍が壊滅し、その将兵が我らの前にひれ伏している姿を見ますと、これは天の助け以外の何ものでもないように思われます」

貞時の言葉に、

「余も貞時の申す通りだと思う」

と宗季は答えた。

宗季が九州の鷹島方面に偵察に出していた速船が戻ってきたのは、安東水軍の全軍が浅茅湾に集結した翌朝のことである。速船の船手頭が安東丸船上に上ってきて、宗季の前で片膝をつき、詳細を語り始めた。

「御屋形様に申し上げます。鷹島付近に停泊中の元の船団は、十数万の兵を乗せたまま嵐で壊滅状態になりました。運良く海岸に流れ着いた者は、万余に達したものと思われます。元軍の一部の将兵は、上陸後戦いを続けておりますが、もはや抵抗する力はほとんど残っておりません。

海岸に流れ着いた多くの将兵は無抵抗のまま捕らわれ、海岸で処刑されました。ある者

は後ろ手に縛られたまま槍で突かれ、ある者は刀で首をはねられ、また、生きたまま弓矢の的にされておりました。その血が鷹島や松浦付近の海岸を真紅に染めて、まるで地獄絵を見るような光景が繰り広げられておりました。

鷹島や松浦付近の守備に就いていた九州の守護や地頭の兵が殺害した元軍の将兵の耳を削いでいたところを見ますと、恩賞にありつくために、削いだ耳を塩漬けにして鎌倉に送るものと思われます」

船手頭の報告を聞いて、宗季は何かやり切れない気持ちになっていた。

新たなる課題

その日の夕方、村上水軍の丸子二左衛門が安東丸を訪れた。宗季は床机を用意させ、二人はそれに腰を下ろして夕陽を眺めていた。

二左衛門が話を切り出した。

「御屋形様、困った問題が起き、お知恵を借りに参りました。元軍が嵐で壊滅して間もなく鎌倉から使者が参り、村上水軍が捕らえている蒙古兵と高麗兵を引き渡せと言ってきました。我が主人が、『そのような者はいない』と答えますと、鎌倉の使者が、『そのようなことを申すと、後でどのようなことになっても知り申さぬ』と捨て台詞を言ったそうでございます。その憎々しげな後ろ姿に、我が主人が脇差に手を掛けたところ、近習の者になりませぬとたしなめられました。その怒りが収まらず、その夜大いに荒れて、『北条何するものぞ、北条は我が恩を忘れたか』と叫んでいたそうでございます。我が主人からこの二左衛門に、捕らえている高麗兵と蒙古兵を北条に渡してはならぬと言ってよこしましたが、そうかといって北条を敵にまわすことはできませんし、この二左衛門、ほとほと困り果てております」

「村上水軍が捕らえている蒙古兵と高麗兵の数は、いかほどでござるか」

「六十人ほどでございます。村上水軍の将兵も高麗に囚われているかも知れず、北条に引き渡せば、捕虜の交換ができなくなります。たとえ、村上水軍の将兵が高麗に囚われていなくとも、捕らえている蒙古兵や高麗兵は、銭や物と交換できます。文永の戦の時も、鎌倉幕府から何の恩賞も出ずに、討ち死にした者や負傷した者への手当てに、かなり苦労いたしました。安東の御屋形様、捕らえた敵の将兵は水軍にとって、飯の種ではござりませぬか」

「二左衛門殿の申すこと、もっともである。この宗季とて、二左衛門殿と同じ考えであり、捕らえた者を殺戮することしか頭にないやからに、捕虜を引き渡してはならぬ。たとえ北条が安東に捕虜の引渡しを求めてきても、断るつもりである」

元軍が消滅した後、安東水軍は新たな問題を抱えることになった。

宗季は広季に、高麗への使節を送るよう命じた。広季は三十隻の軍船を率いて、高麗の沿岸を、示威行動をとりながら合浦の港に入港した。元軍全滅の知らせが届いているとみえて、港の中は静まり返っていた。広季は攻撃する意思がないことを示すために、出羽丸の帆柱の上に白い旗を掲げていた。出羽丸から降ろされた小舟は桟橋に向かった。小舟には、安東丸の組頭小山内兼家と高麗出身の安東水軍の兵が乗り込んでいた。小舟が、桟橋に着くと、港の長らしき人物が、二人の供のものを連れて現れた。港に警備兵の姿は見当たらなかった。兼家がそのことを尋ねた。日本軍が攻め寄せて来るかも知れないということで、都を護るために、港の警備兵は都に向かい、その時、百人ほどの日本軍の捕虜を連れていったという。兼家は港の長らしき人物に、

「我らは安東水軍の者で、ここにいる高麗人は安東水軍に仕えている。我ら二人は、日本将軍安東次郎宗季より、高麗の忠烈王への書を携えている。書かれているのは、捕虜の交換と交易の再開である。都への道案内をお願いしたい」

と言うと快く引き受けてくれた。兼家ら二人は、港の長らしき人物と共に、高麗の都へ旅立つことになった。広季はこのことを、小舟で二人を運んだ兵から聞いて、合浦の港で二人の帰りを待つことにした。

広季の目の前に、焼け残ったままの倉庫が見えていた。合浦の港は今回の戦で、安東水軍が初めて奇襲攻撃を行った場所である。広季には、合浦の港を攻撃したことが昨日のことのように思えた。当時は、高麗水軍に立ち向かうなど、夢物語であった。それが今、船団を組んで合浦の港に入り、出羽丸船上から港を見渡している。広季は、何か不思議な気

持ちに捉われていた。

宗季が捕虜の交換を急がせたのは、それなりに理由があった。北条が村上水軍に言ったことを、やがて安東水軍にも言ってくる。その時、捕虜の交換を終えていれば、蒙古兵や高麗兵の捕虜がいないことの理由付けにするつもりでいた。

宗季は今回の戦で、百人ほどの安東水軍の将兵が行方不明になっているのが気懸かりである。行方不明者のうち、何人かでも高麗に囚われているとしたら、その者達と、安東水軍が捕らえている三百人を超える蒙古兵や高麗兵の捕虜すべてと交換してもよいと思っていた。

広季の船団は、十日ほどで浅茅湾に戻ってきた。小山内兼家らは、合浦から三日ほど旅したところで高麗兵に追い返されたという。兼家が追い返そうとした高麗兵に、

「我らは安東水軍の者で、ここに持参したのは、我が主人、日本将軍安東次郎宗季より、高麗の忠烈王に当てた書である。通してもらえぬのであれば、せめてこの書を都に届けてもらいたい」

と頼んだところ、高麗兵の上役らしき人物が出てきて、日本からのいかなる使節も通してはならぬし、親書なども受け取ってはならぬと、都から達しが出ていることを兼家に伝えた。これを聞き、同行してくれた港の長が、口添えをしてくれたが、高麗兵は首を縦に

振ることはなく、やむなく兼家は引き返したという。

宗季は、広季と貞時と図り、浅茅湾から赤間関に引き上げることにした。赤間関の人々は、元軍に勝利した安東水軍の将兵を一目見ようと港に集まり、港は大混乱を来した。安東水軍の将兵は船上から手を振って赤間関の人々の出迎えに応えていた。

宗季が二十人ほどの近習と共に安東丸から下船すると、赤間関の商人達が桟橋で出迎えた。宗季は赤間関の商人達に、「今回の勝利は、皆様方のお陰です」と礼を述べ、その後、近習と共に安東館に入った。留守居役の安倍老人が宗季を出迎え、館で避難生活を続けている対馬の住人と、館の牢に囚われている蒙古兵と高麗兵の近況について語った。

捕らえた蒙古兵と高麗兵を、安東館に移してから三日ほど経った夜、対馬の住人に不穏な動きがあるというので行ってみると、牢の前には五十人ほどの対馬の住人が集まり、殺された者の恨みを晴らそうというのか、皆、手に包丁や鎌を持って牢の中を覗き込んでいた。安倍老人が、牢の前に立ちはだかり、

「馬鹿なことはよせ」

と言うと、対馬の住人が、

「そこをお退きください」

と安倍老人に詰め寄ってきた。安倍老人が牢の前に座り、持っていた刀を前に置いて、

「囚われている牢の中の者が殺されたとあっては、御屋形様に申し訳が立たぬ。どうしてもと言うのであれば、この老人の首を刎ねてからにしてくれ」

と言うと、やむなく引き下がったという。

宗季はこの話を聞き、これ以上赤間関の安東館に、蒙古兵と高麗兵の捕虜を留め置くことは危険であると感じ、船団に移送することにした。捕虜の移送が始まると、これをひと目見ようと赤間関の人々が、道の両側に人垣を作った。両手を後ろ手に縛られた蒙古兵と高麗兵が六十人ほど列を作って歩いた。両側に安東の兵が二十人ほど警備に就いていた。桟橋が見えだした時、人垣の中から、「人殺し」という声が聞こえたのと同時に捕虜の列に石が幾つか投げ込まれた。石が捕虜に当たり数人の捕虜がその場にうずくまった。

警備についていた安東の兵が、人垣の方を向き投石を止めさせようとした。投石はやまず、石が安東の兵にも当たり数人の兵が額から血を流していた。安東の兵は悲しそうな顔をして、人垣を見つめた。人々は静まりかえり投石が止んだ。安東の兵と捕虜は、何事もなかったかのように、列を整えて桟橋に向かって歩き出した。

その夜宗季は、赤間関の商人達を安東館に招いた。宗季は戦が終った今、商人達の労をねぎらうと同時に、商人達に頼まなければならないことがあった。安東館の広間に酒宴の用意がされていた。宗季が側近と席に着くと、商人達もこれに向き合うようにして席に着いた。そこに広季と貞時の姿はない。

広季と貞時は出航の準備に追われていた。赤間関は、九州とは目と鼻の先である。元軍と戦った九州の守護や地頭の軍勢が、鎌倉幕府の命で、安東水軍に囚われている蒙古兵と高麗兵の引渡しを求め、いつ、赤間関に押し寄せてくるかも知れず、宗季は一刻も早く赤間関を離れたかった。

宗季は酒宴が始まる前に、赤間関の商人達に労いの言葉を述べた。

「この度の元軍に対する勝利は、皆様方のお陰だと思っております。この宗季、心底お礼申し上げたい。安東水軍の将兵も皆、皆様方のお力添えに感謝しております。お礼ついでに今ひとつ、宗季の頼み事を聞いては下さらぬか」

「御屋形様、何なりとお申し付け下さい。できうる限りのことはさせていただきます」

「頼みというのは他でもない。戦が終わった今、できるだけ早い時期に、対馬の住人を送り届けてはもらえぬだろうか。対馬の住人も、一日も早く国に帰ることを願っているだろう」

商人達は、快く引き受けた。酒宴が始まると、赤間関の商人達と安東家の者達は大いに飲み大いに語った。

酔いがまわると、赤間関の商人達は、宗季が敢えて触れなかった高麗のことについて訊いてきた。高麗との交易が再開されるかどうかは、死活問題である。宗季は、高麗の忠烈王に書を送ったが、その使いが途中で追い返されたことを商人達に伝えると、商人達は落胆の表情を露にした。宗季はこれを見て、

「次の手は考えているので、心配なさらずともよい。なぜ安東水軍が捕らえている高麗兵と蒙古兵を処刑せずに大事に扱ってきたか、これは皆様方の想像に任せるとして、もし高麗との交易が再開されなければ、皆様方を北方交易に参加させてもよいと考えている」

と語った。沿海州からカムチャツカに至る北方航路は、安東水軍が開いた航路であり、安東水軍は北方交易を独占していた。もし高麗との交易が再開されなければ、北方交易に参加させてもよいという宗季の申し出は、赤間関の商人達にとって何よりの朗報であった。

商人達は安堵の表情をした。酒宴は夜半まで続き、酒宴が終わると、宗季は近習と桟橋に行き、安東丸に乗り込んだ。

十三湊

宗季が安東丸に乗り込むと、安東水軍の船団は赤間関を離れ、十三湊に向かって漕ぎ出した。宗季が七十隻近い船団を率いて十三湊を出航してから四ヵ月近くが経っていた。船団は十三湊への帰路、補給のため若狭小浜港に立ち寄った。

小浜港に宇曽利丸が修復を終えて停泊していた。破損した宇曽利丸を廃船にしようという意見も多かったが、広季と貞時が反対して、二隻の荷駄船が小浜港まで曳航し、修復作業が行われていた。常世が討ち死にした時の宇曽利丸は、穴だらけで見るも無残な姿であったが、今は小浜水軍の協力もあり、元の状態に修復されていた。宗季は宇曽利丸を見て常世を思い出し目頭が熱くなった。宗季は生き残った宇曽利の将兵を宇曽利丸に移し、船将に佐々木義久を任命した。安東水軍の船団は急ぎ赤間関を出航したために、水と食糧の補給を十分に行っていなかった。

宗季は、小浜港で水と食糧の補給を十分に行い、潮に乗り、一気に十三湊に帰還するつもりでいた。安東丸が桟橋に横付けされると、小浜水軍から使いが来て、当主が鎌倉に呼ばれ留守にしているが、是非、館にて休息していただきたいと、申し入れがあったが、宗季はこれを丁重に断った。

小浜水軍の当主が、鎌倉に呼ばれたということであれば、鎌倉に何らかの動きがあると思ってよい。宗季は補給を早く終え、十三湊への帰還を急ぐことにして、安東丸に広季と貞時を呼んだ。宗季と広季、貞時の三人は船上で、立ったまま話をした。

宗季は、港の様子がいつもと違うことが気になっていた。使者の口上も、言葉こそ丁重であったが、どことなくぎごちなかった。元との戦が終わったにしては、港に停泊している小浜水軍の軍船の数が少なすぎるし、出陣の時、あれほど盛大に見送ってくれた、小浜の商家の者達や、寺の者達の姿が見えなかった。宗季は胸騒ぎがしていた。

宗季が、広季と貞時にそのことを話すと、二人ともそのことを感じていたらしく、将兵に戦闘の準備を命じておいたという。広季が、

「御屋形様、小浜水軍は北条寄りですから、用心をなされた方がよろしいかと思います」

と言い、貞時が、

「広季様のお考えと同感でございます」

と言ったことで、宗季は全軍に戦闘態勢をとらせることにした。次から次へ補給のため

港に入港してくる軍船の船縁には、将兵が勢揃いし、手には皆弓を持っており、火箭や投石器はいつでも発射できるようになっていた。この様子を見て、小浜水軍の将兵の間に緊張が走り、安東水軍と対峙するような形になった。その中で、水と食糧の補給が行われ、最後に荷駄船への補給が終了すると、荷駄船の後を軍船が護衛するようにして、小浜港を後にした。

宗季は、安東丸船上で物思いに耽っていた。もしあの時、小浜水軍の誘いに応じて、わずかな供回りを連れて、小浜水軍の館に入っていれば、命はなかったかも知れない。高麗に使節を送ったことも、蒙古兵や高麗兵を捕虜として赤間関の安東館に捕らえてあったことも、またその者達を船団に移したことも、全て鎌倉幕府の知るところとなり、安東水軍が鎌倉幕府に相談することなしにとった行動が、鎌倉幕府の威信を傷つけたようである。

この国の水軍がそうであるように、安東水軍も鎌倉幕府の御家人ではなかった。各水軍の活動は、その裁量に任せられていたが、元という脅威が去った今、元との戦で疲弊した諸国の水軍を、その支配下に置くという意図が鎌倉幕府にあるのではないだろうか。そうだとすれば、交易で財力を蓄え、津軽、蝦夷、宇曽利、秋田と勢力を伸ばしてきた安東一族を、かつての安倍一族や、奥州藤原氏のように北条は見ているのかも知れない。

かつて奥州藤原氏を滅ぼした、頼朝の軍勢が津軽にまで押し寄せてきたが、安東一族はこれを撃退している。その時、衣川で討ち死にしたと言われている、義経らしき人物を、安東水軍が蝦夷から沿海州に運び、沿海州にある安東館に匿ったという話を、宗季は聞いたことがある。宗季が祖父や父に、そのことを尋ねたことがあるが、祖父や父は黙して語らなかった。頼朝の力からして、安東一族を捻りつぶすのは、容易であったろう。それをただ一度の戦闘で軍勢を引き揚げさせている。宗季は考えていた。義経は衣川で討ち死にしたと見せかけて、津軽に逃れてきたのではないだろうか。これを知った梶原景時や北条一門が、後顧の憂いを断つために、津軽にまで追討軍を差し向けたが、安東一族との戦いに敗れた。頼朝は、追討軍がただ一度の戦闘に敗れると、津軽が源氏の鬼門に当たるという理由で、追討軍を引き揚げさせている。追討軍を引き揚げさせたことで、義経を安東一族に託したのではないか。

そうだとすれば、安東一族と頼朝の間に、何らかの暗黙の了解があったとしても納得がいくし、頼朝が安東一族の勢力拡大を黙認していたことも頷ける。頼朝の後ろ盾となった北条一門が、安東一族との親交を図ってきたのは、安東一族の財力が目当てであったのだろう。安東一族は北条一門が鎌倉の実権を握って以来、支援を続けてきたが、北条は財政的基盤を固めるために、交易を独占しようと考えているのかも知れない。

「御屋形様、冷えて参りましたので、船内にお入り下さい」

背後で小次郎の声がした。宗季は船室に下りていった。

翌日は、朝から秋空が広がり雲ひとつなかった。宗季は、船縁に立ち海を眺めていた。傍らに、小次郎が片膝をついて控えていた。

「小次郎、海を見てみろ、この海は天竺の彼方まで続いている。この宗季、安東一族の棟梁としての己を捨て、常世と共に天竺の西の彼方まで航海することを夢見ていたが、その夢も常世の死によって潰えた。

小次郎、そなた達若者が、我が夢を継いでくれ。元軍が消滅した今、安東水軍は新たなる敵に備えなければならず、この宗季に、天竺の西の彼方まで行く夢を見ることなど、もはや許されない。今回の戦で損害を受けた水軍の再建が急務となる。安東水軍がもとの力を回復するまでには数年を要する。それに高麗や元との交易の再開を急がねばならない。それともう一つ、北条の動向も気にかかる。

小次郎、我が船団を見よ、我が船団は何事もなかったかのように北に向かって進んでいる。だが、この船団は多くの悲しみを乗せている。その悲しみを十三湊に運んで行く。この船団が十三湊に帰り着くと、多くの悲しみを十三湊で待つ将兵の家族に伝えることになる」

宗季の話を聞き、小次郎は、文永の戦で父が討ち死にをし、その知らせが母に届いた時、使者に対して、気丈に応対していた母が、使者が帰った後、その場に泣き崩れたのを、思い出していた。

「御屋形様、お察し致します」

「小次郎、父の死を思い出したのか」

宗季は小次郎に命じて半月弓を持ってこさせた。宗季は、小次郎から半月弓を受け取ると、船縁から斜め上空に向け、矢を十本ほど放った。矢は遠く飛び、やがて全て見えなくなった。宗季は小次郎にも矢を放つように命じた。

小次郎は船縁に立ち、半月弓で斜め上空に向かって矢を放った。矢は、宗季の放った矢と同じように遠く飛び、やがて見えなくなった。宗季が、「小次郎」と呼んだ。小次郎は半月弓を一人前に引けるようになったことを、宗季が褒めてくれるものと思ったが、宗季は別のことを言った。

「わしとそなたは、半月弓の矢を放ったのではない。悲しみを遠くに放ったのだ」

小次郎はなんとなく分かるような気がした。

秋晴れの空と海は、どこまでも青く、遥か彼方まで広がっていた。

宗季の船団が十三湊に帰り着いたのは、若狭小浜港を出航して、半月ほど経ってからのことである。港は出迎えの将兵の家族や、福島城と唐川城からの警備の将兵でごった返していた。船団は交易船の桟橋がある前潟を通り、後潟と呼ばれる湖に入り、中之島の周りに錨を降ろした。宗季は迎えに来た連絡用の小舟に乗り、館の裏手の船着き場から館に入った。小次郎が宗季に付き従った。船団の将兵にすぐ上陸が許されなかったのは、捕虜が軍船の船牢に収容されたままであったからである。蒙古兵と高麗兵の捕虜は夜になってから、目立たぬように福島城に移されることになっていた。

宗季が安東館に入ってまもなく、広季と貞時が館にやって来た。館の広間には、宗季のほかに、唐川城主の安倍兵衛と福島城主の安東孝興が待っていた。広季と貞時の姿を見て、年長の安東孝興が、

「広季殿、貞時殿、この度の戦ご苦労にござりました」

と労いの言葉を述べた。安倍兵衛と安東孝興の二人は留守部隊の責任者である。互いの挨拶がひと通り終わると、宗季がおもむろに口を開いた。

「この度の戦は、安東一族にとって味わったことのない危機であった。元との戦に、多大の犠牲を払いながらも勝利できたのは、天の助けもあったが、広季、貞時、兵衛、孝興、討ち死にした常世、それにすべての将兵の死を恐れぬ行動と結束力のお陰だと思っている。この宗季、心より皆に礼を申す。

だが真の戦はこれからだと思ってもらいたい。水軍の再建、捕虜の交換と返還、高麗や

元との交易の再開、このどれをとっても、安東一族にとって欠くことのできないものである。それに北条の動向も気にかかるところである。北条は、村上水軍に囚えられている蒙古兵や高麗兵の引渡しを求めたそうだが、いずれ安東にも、捕らえている蒙古兵と高麗兵の引渡しを求めてくるのは間違いない。北条に引き渡したのでは、高麗や元との交易再開のきっかけを失うことになる。

この宗季、捕虜を、断じて北条に引き渡すつもりはない。兵衛と孝輿の二人には、津軽内三郡の曽我氏の動きを探り、これに対処してもらいたい。皆には戦が終わったばかりで疲れも残っていると思うが、すぐ取り掛かるように」

宗季の言葉に、広季、貞時、兵衛、孝輿の四人は、「かしこまりました」と言って平伏した。

兵衛と孝輿の二人は、これほどてきぱきとした命令を下す宗季を見たのは初めてのことであり、戦が宗季を成長させたと思った。その夜、捕らえてある蒙古兵と高麗兵を軍船から福島城へ移した。

小次郎が屋敷へ帰ることができたのは翌朝である。母さきと妻千代は小次郎の無事を喜んでくれたが、小次郎の帰りをあまり大げさに祝わなかったのは、近所に討ち死にした者がいたからである。

津軽内三郡を領有する曽我氏からの使者が、安東館に入ったのは、宗季達が十三湊に戻った五日後のことである。使者が帰った後、宗季は怒りの表情を露にして、

「北条は我が獲物を取り上げるのか」

と側近の前で叫んでいた。

曽我氏の使者が帰って暫くしてから、広季以下諸将が二十人ほど集まってきて館の大広間で軍議が開かれた。席上、広季が使者の持参した書状を読み上げると、諸将の間にざわめきが起こった。その中で一際怒りを露にしている者がいる。貞時である。宗季が、

「貞時、存念を申せ」

と言うと、貞時は立ち上がった。

「安東水軍は、この度の戦で多大の犠牲を出しながら、元軍に勝利したのに、文永の戦の時と同様に、未だに鎌倉から恩賞の沙汰がないばかりか、我らが捕らえた蒙古兵と高麗兵を引き渡せと言ってくるとは、このような理不尽な話はない。ここで、安東一族が断固たる態度を示さなければ、次はどのような無理難題を言ってくるか分からない。御屋形様、ここは北条に対し、断固たる態度をお示し下さい」

宗季は、一同を見回し、

「唐川城主、安倍兵衛、福島城主、安東孝興、両名の者はただちに城に戻り出陣の用意を

して、兵を曽我氏の国境に集めよ、ただし、こちらから攻撃をしてはならぬ」

宗季の命に二人は席を立ち、それぞれの城に戻った。

その後、宗季は諸将に臨戦態勢をとることを命じた。元との戦が終わり、領地に帰っていた将兵もすべて呼び戻され、翌日には、兵衛と孝興は、三千の兵を曽我氏の国境に展開させた。

軍馬のいななきに、曽我氏は震え上がった。津軽の地で曽我氏は孤立している。周りは安東一族だけである。曽我氏は釈明の使者を安東館に送った。宗季は館で使者からの書状を受け取った。書状には、蒙古兵や高麗兵の引渡しを求めたのは鎌倉からの命によるもので、曽我氏の本意とするものではなく、曽我氏は鎌倉の無理難題について、安東一族に同情している旨が書かれていた。宗季は、使者が帰った後、

「虎の威を借る狐が」

と言って書状を破り捨てた。曽我氏の使者が帰っても、宗季は曽我氏の国境から兵を引き揚げさせることはしなかった。

それから一月ほど経って、鎌倉からの使者が直接安東館に入った。本来であれば、鎌倉からの使者は福島城に入るのが通例であるが、城主の安東孝興が曽我氏の国境に出陣していて不在であった。宗季は使者から書状を受け取ると、使者の前で書状を読んだ。書状は、

かれていた。
執権北条時宗から宗季に宛てたもので、書状には宗季殿の意のままになされるがよいと書

宗季は、書状を読み終えると、使者に向かい、「執権殿に、使者の赴き、分かり申したとお伝え下され」と述べた。その日宗季は、使者を饗応し、使者は翌日鎌倉へ帰っていった。使者が鎌倉に向かった日に、宗季は兵衛と孝興に命じ、曽我氏の国境に展開していた兵を引き揚げさせ、臨戦態勢を解いた。

翌日、宗季は貞時と共に水軍の造船所を視察した。造船所では、三隻の大型軍船が建造中で、三百人ほどの船大工が忙しそうに働いている。その中に二十人ほどの高麗人がいた。安東水軍では、捕らえた高麗兵の中から造船技術のある者を、家臣として召し抱えていた。宗季は貞時に、三隻の軍船はいつ完成するのか尋ねた。貞時が、「春先でございます」と答えると、宗季は、「まだ先だな」と言った。貞時には、宗季が言った、まだ先だなということが、三隻の軍船が完成するのがまだ先なのか、安東水軍の戦力が元に戻るのがまだ先なのか、よく分からなかった。

一ヵ月ほど前に、広季が百人近い蒙古兵の捕虜を交易船に乗せ、十隻の軍船で護衛して元に向かったが、広季が帰ってくるのも春先になる。

宗季は、討ち死にした将兵の法要を、盛大に執り行った。空からは白いものが落ちてく

る季節になっていた。焼香をする人々の中で父を亡くした幼子の姿が、参列者の涙を誘っていた。宗季は、この様子を見て、戦のない世にしなければならないと思った。そのために水軍を整備し、軍事力を強化して、他の国に侵略されないようにしなければならない。その財政的基盤を作るために、交易を盛んにしなければ、領民に重い負担を掛けることになる。

安東一族は、交易による理財によって、領民に重い負担を掛けることはなかった。そのお陰で、津軽はもっとも豊かな国、もっとも住みやすい国と言われてきた。この豊かな国を維持することは、宗季の願いであり、安東の支配地域に住む全ての人々の願いであった。宗季は、広季の帰りが待ち遠しかった。

年が明けると、宗季が待ち焦がれていたのとは違う、別の一団が十三湊にやって来た。赤間関の商人達と、その交易船に乗り込んだ対馬の住人である。その数は、五百人に達していた。赤間関の商人達の話によると、宗季の言いつけ通り、赤間関で避難生活を続けていた対馬の住人を、対馬に送り返したが、五百人ほどの者が、二度とあのような恐ろしい目に遭うのはいやだと言って、対馬に帰るのを拒み、かといって赤間関に置いておくわけにはいかず、尋ねたところ、津軽の安東様の所へ連れて行って欲しいと言うので、十三湊まで運んできたという。

宗季は商人達の話を聞き、苦笑いをしながら、対馬の住人を十三湊の商家に預かってもらうことにして、雪が解ける頃、彼らに、土地を分け与えることにした。その夜、宗季は商人達を安東館に招き酒宴を用意したが、誰も酒を手につけずに深刻そうな顔をしていた。

「どうかなされたか」

「安東の御屋形様、高麗との交易が再開されなければ、赤間関の商人は、皆日干しになってしまいます。何とかなりませぬか」

「高麗との交易再開は、今暫くかかりそうだ。その代わりと言っては何だが、元や高麗との交易が途絶えているために、行き先のない北方からの交易品で港の倉庫は溢れている。これをお持ちになって、商ってみては如何かな」

「御屋形様、まことでございますか」

赤間関の商人達は互いに顔を見合わせて、喜びを露にした。宗季が、

「まことだ」

と答えると、赤間関の商人達は、

「御屋形様、今夜は飲み明かしましょう。酒は津軽が一番でございます」

と言い、杯を重ね、大いに騒ぎ、この夜は一晩中飲み明かした。宗季はこれに付き合った。翌日、商人達は、対馬の住人を降ろして空になった船に、北方からの交易品を満載し

て、赤間関に帰っていった。

広季の船団が、元の使節を乗せて十三湊に戻って来たのは、雪解けの頃である。元の使節は十人で、世祖フビライの親書を携えていた。親書には、捕虜の返還の礼と、宋と安東が行っていた交易を、元が再開したい旨が書かれていた。元の使節から、世祖フビライからの献上品の目録が宗季に渡された。献上品は捕虜の返還に対する礼であった。使節の話によると、世祖フビライは、捕虜の返還をことのほか喜んだという。使節は、十三湊に十日間滞在し、港の設備、造船所、福島城などを視察し、安東が取り扱う交易の品々を見聞した。宗季が使節に、交易が途絶えている高麗との仲介を頼むと、快く引き受けてくれた。使節は、大都を発つ前に、世祖フビライから、できうる限り、安東の願いを聞くように言われてきたことを、宗季に告げた。宗季は、高麗の忠烈王への親書を託した。元の使節は広季の船団で、高麗に向け十三湊を出航した。広季の船団には、高麗に返還する高麗兵の捕虜が二百人近く乗せられていた。

広季の船団が十三湊を出航してから、一ヵ月ほど経ったある日、元の交易船が三隻、十三湊に現れた。元の交易船には、目録に書かれていた安東への献上品が満載されていた。献上品が港に降ろされ、元の交易船が空になると、宗季は世祖フビライに返礼のしるしとして、安東水軍の献上品を積み込ませた。また、元の安東館を再開するために、一族の者を三十人ほど元の交易船に乗り込ませた。

元の交易船が十三湊を出航してから数日は、宗季にとって何事もない日が続き、津軽の人々は、文永の戦以来、ようやく平穏な生活を取り戻していた。十三湊を訪れる交易船も増え始め、町も活気を取り戻しつつあった。

宗季は春の陽気に誘われて、十人ほどの供廻りの者を従えて町へ出た。館から南に向かって幅四間ほどの道が延び、その両側に商家が建ち並んでいる。宗季が通ると、商家の者が宗季に気付いて頭を下げた。宗季にとっては、すべてのことが、うまく動き出していた。課題として残っていた高麗との交易も、元の仲介によって再開されるのは間違いない。安東一族が常に気を遣い、脅威を感じていた鎌倉幕府は、恩賞問題から、威信を失いつつあった。安東一族の者と十三湊の人々は皆、十三湊の繁栄が続くことを疑わなかった。宗季には、元との戦が遠い昔のことのように思えた。

宗季達が一刻ほど歩き、町外れまで来た時、道の前方で土煙が上がり、少年達が二十人ほど入り乱れて、棒で叩き合っていた。戦ごっこをしているようだ。そのうちに、十人ほどの少年達が、手に棒を持ったまま、宗季達の方に向かって駆け出してきた。どうやら勝負がついたらしい。勝った方の少年達はその場に立ち止まり、駆け出した少年達の方を見て、手に持った棒を頭上に振りかざして、勝鬨を上げていた。逃げて来た少年達が宗季達の傍を駆け抜けていった。その時、少年の中の一人が叫んだ。

「蒙古が来る」

宗季は、はっとした。

あとがき

青森県北津軽郡市浦村十三地区は、十三湖という湖の中に、半島のように突き出している。

中世、この十三地区に国際貿易都市、十三湊が存在した。この地方を支配した津軽の豪族安東氏の館が十三地区の北側にあり、館の南側に幅約七メートルのメインストリートが南北に市街地を貫いていた。当時の十三湊は、国際貿易都市として、京、鎌倉に次ぐ賑わいを見せていたと伝えられている。鎌倉末期の建武年間に書かれた『十三往来』という文献には「蝦船、京船、群集し」と記されている。国内の船ばかりでなく、異国の船も数多く出入りしていたようである。

近年発掘調査が行われ、安東氏の館跡と思われる十三地区の北側地域からは、青磁、白磁、ガラス玉などの、数多くの出土品が発見されている。

今この十三地区に立っても、往時を偲ばせるものは何もない。殺風景な景色が広がっているだけである。ただ十三地区の北側に残っている土塁が、わずかに栄枯盛衰の有様を物語っている。

唐川城跡に登ってみると、そのロケーションのすばらしさに驚かされる。唐川城跡からは、遠く岩木山が霞んで見え、十三湖から岩木山の麓まで、津軽平野が広がっている。津軽平野を貫く岩木川などの多くの川が十三湖に流れ込んでいる。津軽平野で生産する農産物を集積するには、川の交通が、その役割を果たしたことが想像できる。湖の西側に目をやると、湖が日本海に開かれているのがよく分かる。中世当時は、前潟、内湖、明神沼が繋がっていて、明神沼が入り江となって海に開かれていた。当時の交易船や軍船は、入り江となっていた明神沼（当時は明神沼、内湖、前潟は一つに繋がっていて、これを前潟と称していた）を通り、後潟と呼ばれた、十三湖に錨を降ろしたようである。湖の北西には、中之島が浮かんでいる。安東水軍の船着き場があったと伝えられている。湖の北側には安東氏の本城である福島城が、城領半里四方、城兵三千六百人、馬一千頭の規模を誇り、その北方山麓には唐川城が、城領半里四方、城兵千二百人、馬百四十頭の規模であったと伝えられている。唐川城跡から見ると、十三湖を中心として本拠地を構え、海外に目をむけた、中世安東氏の想いが伝わってくるようである。

中世、繁栄を極めたと言われている国際貿易都市、十三湊。興国二年の大津波によって、そのほとんどが消滅したと『東日流外三郡誌』は伝えている。生き残った人々は、十三湊の再建を図ったが、湊は元のように戻らず、安東氏の勢力は衰退し、その後南部氏によって、十三湊は破壊されることになる。

この十三湊を根拠地として、海外貿易を行った安東氏は、前九年の戦いで滅んだ安倍一族の末裔と言われていて、奥州藤原氏とも深いつながりを持っていたようである。藤原秀衡の弟藤原秀栄を養子に迎えてから水軍が整備され、海外貿易が拡大されることになった。北はカムチャツカから、南はインドまで交易を行ったと伝えられている。安東氏は対宋貿易により、莫大な財力を蓄え、その勢力は最盛期には、北海道、青森、秋田に及んでいる。国内と海外の要所、要所に商館を構え、貿易の拠点とし、内外の情報収集にも努めていたようである。

私は子供の頃、津軽に住んでいたことがある。その頃、蒙古が来ると言って嚇かされたものである。蒙古とは何か分からなかったが、とてつもなく怖いものであると思って泣き止んだのを覚えている。

津軽の方言で、「ごんぼほり」という言葉がある。野菜の牛蒡を掘る時、手におえないほど手間がかかることからきている。ぐずを言って、手におえないほど泣き喚いている子供のことを、津軽では、「ごんぼほり」と言う。その「ごんぼほり」が、蒙古が来ると言えばすぐ泣き止む。津軽地方では、今でも蒙古が来ると言えば、子供達にとっては、最も怖い言葉の一つである。文永、弘安の役に、安東水軍に救出された対馬の人々が、津軽に移り住んで語り伝えたと言われている。今でも津軽の子守唄に、蒙古が来るというのがある。私はいつか、安東水軍と蒙古との戦について書いてみたいと思っていた。

著者プロフィール

寺田 正孝（てらだ まさたか）

昭和20年、青森県生まれ。
市役所職員、警察官を経て現在、会社役員。

蒙古が来る

2002年 11月15日　初版第1刷発行

著　者　寺田 正孝
発行者　瓜谷 綱延
発行所　株式会社文芸社
〒160-0022 東京都新宿区新宿1－10－1
電話 03-5369-3060（編集）
03-5369-2299（販売）
振替 00190-8-728265

印刷所　株式会社平河工業社

ISBN4-8355-4636-9 C0093